左心房漩渦

王鼎鈞

有序

海中的礁石本是一塊形狀尋常的巨石，只因海水不斷磨擦它、淘洗它……石頭。堅硬的石頭。龐大的石頭。像海浪的軸。

巨石全身各處的硬度並不完全相同，那組織比較鬆軟的地方，禁不住海水千秋萬世的沖激，一粒一粒的流失，一小塊一小塊的消瘦，甚至一長條一長條的讓路，讓海水穿過它的肌肉。於是巨石縮小，出現麻窩、孔竅，雲一樣的崎嶇。

所以礁石有獨特的美麗的形象。

海水對礁石無愛無憎，只是自然如此、必然如此。

一尊礁石就是一部文學史。

＊

對於礁石，海水是雕刻家。

長於雕刻的，不只是海水。例如羅丹，他手握斧鑿，凝視一塊大理石，心中有一個形象。

雖然整塊大理石光潔無瑕，但是在雕刻家的斧鑿下，總要一塊一塊除去、一處一處穿透、一層一層揭掉。他的工作有時像解剖一樣謹慎、有時像毀壞一樣狠辣。

他在大理石上刻出煙來，從煙裡造出神來。如此，雕刻家心中的形象藉著大理石呈現了、凝固了、永恆了。雕刻家之於石頭無恩無怨，只是自然如此、必須如此。

這是另一部文學史。

＊

文學是有病呻吟。無病呻吟不可，有病呻吟則是一種自然和必須。

可是誰願意聽呻吟呢，除了醫生，誰會對病人的呻吟有興趣呢。

所以，最好把呻吟化成一支歌。

歌聲究竟能化除多少成見呢，猶太教的祭司有幾人喜愛韓德爾的彌賽亞呢，清室的帝王有幾人喜愛八大的山水呢，遼金的後裔有幾人能欣賞辛稼軒呢。

據說，西施生病的時候，臥室四周的牆外都貼滿了耳朵，多少人要聽她的呻吟，連一向嫉妒她的那個東施也跑來諦聽。

所以，只要是西施，呻吟也無妨。

這也是一種文學史，至少是一種文學觀。

*

某一個教派的傳道人對我說，沒有天堂，沒有地獄，只有人間；沒有靈魂，沒有復活，只有今生。我聽了大吃一驚，這樣的主張公然違反基督教的基本信仰，如何還有基督徒聞風景從？現在，我可以回答自己，必定有些基督徒認為天堂地獄多此一舉，必定有人認為前生來世徒亂人意，必定有很多很多人希望逝者與他分離、來者與他無干，這些人都相信生命應該像一條河……

一次，只有一次。你不能兩次插足於同一河水中。河水從不兩次拍打同一處涯岸、從不兩次穿過同一條魚鰓、從不兩次灌溉同一株蘆葦。

一次，只有一次，即使是災難，也不能重新經驗一次。

如果覺得一生不夠，唯一的辦法是觀察別人的生活。沒有前生，沒有來生，但是有「兼生」，讓別人同時為他活、替他活。

所以，人們何妨容忍、贊成，甚或鼓勵別人敞開生命。

這也是一種文學觀。

＊

面對海水，礁石知道謙卑。

面對雕刻家，大理石知道謙卑。

面對聽眾，歌者知道謙卑。

甚至，當海潮澎湃而來時，有些礁石趕快把自己化成了液體。當雕刻家手握斧鑿走近時，有些大理石馬上碎成一堆石子。當顧曲者絡繹入座時，有的歌手從此啞了。

作品因靈感而受孕、藉寫作而誕生、賴批評家和讀者為之哺育，或長成巨人或長成侏儒，將來或老死或仙去。倘若無人哺育，它會因凍餓而夭折。

有些作品畏懼遭人遺棄，索性不生出來。

文章的命運並不等於作者的命運。文章自己有命。

*

生育是不能完全控制的。創作也是。

礁石，謙卑吧，可是不能在海潮中化為液體，要是那樣，你未免太矯揉造作了。

大理石，謙卑吧，可是不要在雕刻家面前碎成一堆石子，那樣太沒有禮貌了。

歌手上臺宣稱他突然變啞，未免近乎詐欺。

好吧，就做一塊頑石吧，承受海水，承受斧鑿。

還有比石頭更謙卑的嗎，即使是巖石，也比一個皮球要謙遜得多。

所有的文章都是頑石，也只能是頑石，在海潮和斧鑿未曾加工之前顯不出價值來。

但是加工也使一批一批文章速朽。這就是文章的命。

【目錄】

第二部　世事恍惚

第三部　江流石轉

第四部　萬木有聲

附錄

第一部
大氣游虹

明滅

忽然接到你的信，忽然看到你的名字、看到你的筆跡，我的眼睛忽然盲了。

閉上眼睛，用淚把眼球灌溉了、洗滌了，再細看你的簽名，筆畫是遒勁了，結體是莊嚴了，點撇鉤捺間有你三十九年來的風霜，但是並未完全褪盡當年的秀婉。

就在這一明滅之間，我那切斷了的生命立時接合起來，我畢竟也有個人的歷史、自己的過去。

據說我今年六十歲，可是，我常常覺得我只有三十九歲，兩世為人，三十九年以前的種種好像是我的前生。而前生是一塊擦得乾乾淨淨的黑板，三十九年，這塊黑板掛在那裡等著再被塗抹。

三十九年以來，我最大的難題是，怎麼才真正像一塊黑板那樣，忘情而無怨呢？怎樣看著粉筆化成飛灰而安之若素呢？我的天，我幾乎做到了，我把三十九年以前的種種知覺裝進瓶子，密封了，丟進蒼茫的大海深處，那正確的地點，即使是我自己，也無法再指給人家看。

就這樣，往事逐漸模糊了、遺忘了，是真正遺忘，忘了我是誰，不要問我從哪裡來，這首歌就是證人。

有時候，月白風清，人影在地，想想這樣的大空大破，不是也難能可貴嗎？這樣的無沾無礙，有幾人能夠做到呢？

可是又常常做些奇怪的夢。有一次，夢見自己犯了死罪，在濃霧裡一腳高一腳低來到刑場，刀光一閃，劊子手把我斬成兩段，上身伏在地上，也顧不得下身怎樣了，只是忙著用手指蘸著自己的血在地上寫字。這時涼風四起，天邊隱隱有雷聲，倒不覺得怎麼痛楚，只擔心天要下雨，雨水會把我寫的血字沖掉。

有一次去逛百貨公司，那花了大堆銀子精心裝潢過的大樓，挑逗著人的各種欲望，也是紅塵的一樁過眼繁華。在出售男子西褲的那個部門，站著一排模特兒，橫隔膜以上的部分蹤影不見，老闆只需要它們穿上筆挺的褲子、紮上柔軟的皮帶就夠了，再多一寸無非是分散顧客的注意力。

我站在那裡看了許久，倒不是注意西褲，心裡想，這種盛裝肅立等人觀看、任人議論的日子怪熟悉的。夜裡又做夢，夢見公路兩旁的尤加利樹全換了，換成穿西褲的半體，橫隔膜平坦光滑，可以當高腳凳子使用。我在這長長的儀仗隊前跑了一段路，驀地發覺我正用下半身追趕上半身。

真奇怪，上半身沒有腿，居然會跑；下半身沒有嘴，居然能喊。

我一路呼叫：喂，喂，你就是我，我就是你，我們為什麼要分開呢？

喂，喂，我們的血管連著血管、神經連著神經，為什麼不能合而為一呢？

乍醒時，我能聽見滿屋子都是這種呼叫的回聲。然後，想起西褲店的模特兒只要腰和腿、首飾店的模特兒只要指和腕、眼鏡店的模特兒只要一顆頭顱。

多麼困難啊，我仍然不能忘記我的完整。

如今，看到信，看到失去的地平線下冉冉上升的你，剎那間，斷絕的又連接了，游離的又穩定了，模糊的又清晰了。你的信是我的還魂草。

你一伸手，就打開了海底下的那只瓶子，釋放了幽囚多年的靈魂。我的生命史頁，像沾了膠水、揉成紙團的史頁，你一伸手，就一頁一頁的揭開。

你把我失落的二十一年又送回來，我不僅僅三十九歲，三十九年以前，我早已活過、夢過，也死過、醒過。

我曾經像蚌一樣被人掰開，幸而有你，替我及時藏起蚌肉裡的明珠。現在，我覺得你還珠來了，我又成為一個懷珠的蚌。

正是種花的季節，為了你的第一封信，我要種一些鳳仙。故鄉的種子，異鄉的土壤。看著它發芽吐蕾，用異鄉的眼、故鄉的心。

翻開土，把雙手插進土裡，醫治我的癢。

從土裡翻出兩條蚯蚓來。不，不對，是我把一條蚯蚓切成了兩半。那小小的爬蟲並不逃走，一面回過頭來看牠的另一半，一面扭身翻滾。

我是無心的，我往那受傷的蚯蚓身上澆水。我是無心的，可是大錯已經鑄成了，我只能雙手捧起牠，把牠放在陰涼的地方，用潮溼的土為牠包紮。我是無心的，也許造物之於我們，切斷我們的生命，也是出於無心。在造物者眼中，我們不過是一條條蚯蚓。

我默祝當鳳仙花開的時候，蚯蚓已經用牠再生的力量長成完整，或者造物者也在這樣期待我們。

你的第一封信很短，我的這一封信也不給你太多的負擔。但是，以後，儘管你寫給我的信如一池春水，我要把大江流給你看。時代把我摺疊了很久，我掙扎著打開，讓你讀我。

大江流日夜，往事總是在夜間歸寧。我們老年的夜被各種燈火弄得千瘡百孔，不像童年的夜那樣渾成。我相信古夜的星光一直在尋找我們。我們天各一方，我在西半球看到的星星和你在東半球看到的星星並不全同。我們都可以看見北斗。等北斗把盛滿了的東西倒出來，我就乘機放進去我的故事，在那裡等你的眼神。

我希望，我也能讀你，仔細讀你。

水心

你為什麼說，人是一個月亮，每天盡心竭力想畫成一個圓，無奈天不由人，立即又缺了一個邊兒？

你能說出這句話來，除了智慧，必定還得加上了不起的滄桑閱歷。我敢預料這句話將要流傳下去，成為格言。

多年以來，我完全不知道你經歷了一些什麼樣的情況，從你這句話裡，我有一些感觸和領悟。我從水成岩的皺摺裡想見千百年驚濤拍岸。

哦，皺摺，年輪；年輪，畫不圓的圈圈；帶缺的圓，月亮；月亮，磨損了的古幣；古幣，模糊而又沉重的往事。三十九年往事知多少，有多少是可與人言的呢？中天明月，萬古千秋，被流星隕石撞出多少傷痕，人們還不是只看見她的從容光潔？我們只有默誦自己用血寫成的經文，天知地知，不求任何人的了解。

你提起故鄉。你問我歸期。這個問題叫我怎樣答覆你呢？你怎能了解我念的經文呢。沒有故鄉，哪有歸期，三十九年來故鄉只在「柳條細、柳條長」的歌詞裡。記否八年抗戰，我們在祖國大地上流亡，一路唱「哪裡有我們的家鄉」、唱「我們再也無處流浪也無處逃亡」，唱得浪浪漫漫、雄雄壯壯，竟唱出源源不竭的勇氣來。那時候，我們都知道，祖國的幅員和青天同其遼闊，我們的草鞋勢不能踏遍；我們也知道，青山老屋、高堂白髮也都在那兒等待遊子。但是而今，我這樣的人竟是真的沒有家鄉也沒有流浪的餘地了，舊曲重聽，竟是只有悲傷，不免恐懼！

你說還鄉，是的，還鄉，為了努力畫成一個圓。還鄉，我在夢中做過一千次，我在金黃色的麥浪上滑行而歸，不折斷一根芒尖。月光下，危樓蹣跚起步迎我，一路上灑著碎磚。柳林全飄著黑亮的細絲，有似秀髮……

但是，後來，做夢回家，夢中竟找不到回家的巷路，一進城門就陷入迷宮，任你流淚流汗也不能脫身。夢醒了，仔細想想，也果然紊亂了巷弄。我知道我離家太久了、太久了。

不要瞞我，我知道，我早已知道，故鄉已沒有一間老屋（可是為什麼？）、沒有一棵老樹（為什麼？）、沒有一座老墳（為什麼？），老成凋謝，訪舊為鬼。如環如帶的城牆，容得下一群孩子在上面追逐玩耍的，也早已夷為平地。光天化日，那是一個完全陌生的村莊，是我從未見過的地方。故鄉只在傳說裡、只在心上紙上。故鄉要你離它越遠，它才越真實，你閉目不看才最清楚。……光天化日，只要我走近它，睜開眼，轟的一聲，我的故鄉就粉碎了，那稱為記憶的底片，就曝光成為白版，麻醉消褪，新的痛楚占領神經，那時，我才是真的成為沒有故鄉的人了。

「還鄉」對我能有什麼意義呢？……。對我來說，那還不是由這一個異鄉到另一個異鄉？還不是由一個業已被人接受的異鄉到一個不熟悉、不適應的異鄉？我離鄉已經四十四年，世上有什麼東西，在你放棄了它、失落了它四十四年之後，還能真正再屬於你？回去，還不是一個倉皇失措、張口結舌的異鄉人？

昨夜，我喚著故鄉的名字，像呼喚一個失蹤的孩子：你在哪裡？故鄉啊，使我刻骨銘心的故鄉，使我搥胸頓足的故鄉啊！故鄉，我要跪下去親吻的聖地，我用大半生想像和鄉愁裝飾過、雕琢過的藝術品，你是我對大地的初戀，注定了終生要為你魂牽夢繞，但是不能希望再有結局。

我已經為了身在異鄉、思念故鄉而飽受責難，不能為了回到故鄉、懷念異鄉再受責難。

那夜，我反覆誦念多年前讀過的兩句詩，「月魄在天終不死，澗溪赴海料無還！」好沉重的詩句，我費盡全身力氣才把它字字讀完，只要讀過一遍，就是用盡我畢生的歲月，也不能把它忘記。

中秋之夜，我們一群中國人聚集了，看美國月亮，談自己的老家。這些人的悲哀是有三個國，卻沒有一個家，這些人只有居所、只有通信地址！舉座愀然，猛灌茅臺。

月色如水，再默念幾遍「月魄在天終不死，澗溪赴海料無還」，任月光伐毛洗髓，想我那喜歡在新鋪的水泥地上踩一個腳印的少年、我那決心把一棵樹修剪成某種姿容的青年、我那坐在教堂裡構思無神論講義的中年，以及坐待後院長滿野草的老年。

想我看過的瀑布河源。想那山勢無情、流水無主，推著擠著踐踏著急忙行去，那進了河流的，就是河水了；那進了湖泊的，就是湖水了；那進了大江的，就是江水了；那蒸發成氣的，就是雨水露水了。我只是天地間的一瓢水！

我是異鄉養大的孤兒，我懷念故鄉，但是感激我居過住過的每一個地方。啊，故鄉，故鄉，故鄉是什麼，所有的故鄉都從異鄉演變而來，故鄉是祖先流浪的最後一站！澗溪赴海料無還！可是月魄在天終不死，如果我們能在異鄉創造價值，則形滅神存、功不唐捐，故鄉有一天也會分享的吧。

啊，故鄉！

驚生

自從能夠和你通信以後，我走坐不安，切斷了的生命不是一下子可以接合起來的，外科醫生接合一個切斷了的手指，還得幾個小時的手術，外加幾個月的療養呢。你的第三封信是對我的繼續治療。

自我們音訊斷絕以後，誰都知道中國發生了一些什麼樣的事，你我道路不同，艱難並無二致。我是血火流光下的倖存者、冰封雪埋的倖還者，死症流行時居然有免疫的能力，重典大獄後僥倖得到釋放的機會，跌跌撞撞，不知怎麼自己也有了暮年。我一向很少攬鏡自照，現在住的房子裡，前任房主在樓下客室的牆上裝了一面很大的鏡子，把一面牆幾乎占滿了，於是我每天早晨由樓上的臥室裡走下來，第一個相遇的就是鏡中的自己。有時候我會對著鏡子悚然震驚；你怎麼還活著呢？你怎麼能活到今天呢？

你呢，即使在那些絕望的日子裡，我也常常想起你來，小河邊，柳條怎樣拂著你的頭髮，游魚怎樣吮吸你的臉頰。我入夢最多的情景，就是你在黑沉沉的大書房裡，坐在黑沉沉的檀木椅子上，全身明亮，捧著一卷冰心。

醒和夢是兩個故事，我知道流年偷換了多少，世上又經過幾番風雨。早晨打開報紙，上頭登載的照片也許是婦女兒童都望著遠處的紅旗拚命填土修路，我這一整天都會猜想你是超越了指標受到表揚呢，還是遠遠落後俯首認罪？

在那「三年災害」的日子裡，常有飢民流亡的消息，那時我不斷的猜想：你呢，你在哪裡？你是一個施者，還是一個受者呢？

然後是「十年浩劫」，全世界的中國人都為此做著連夜的噩夢，我有時夢見你頸上掛著個大木牌，彎著腰，低聲下氣站在臺上；有時夢見你站在臺下，揚著紅領巾、紅袖章，激昂得紅了臉，喊聲震天。你究竟站在哪裡？

那些年，餓死了多少人，冤死了多少人，都有專家發表的數字。後來看謎容寫的〈人到中年〉，又想到有多少人鞠躬盡瘁累死了。在那樣的年代裡，誰還能指望誰長命百歲呢？所以，當我忽然接到了你的第一封信時，我的第一個念頭竟然也是：你還活著！你也活到了今天！

你還記得譯名為「虎魄」的那部小說吧，開卷第一句寫的是「在亂世，人活著就是成就」。

今天，我們通信，就是我把自己的成就奉獻到你的面前，同時也來欣賞你的成就。

說真的，當年跟我同村長大的孩子，而今還有幾人呢？跟我同窗讀書的少年，而今還有幾人呢？跟我一同冒險犯難的青年，而今還有幾人呢？他們多半除了音訊杳然，就是連串的噩耗。中國的人口雖然從四億五千萬增加到十億，新生代相逢總是陌路，那些構成我的歷史、釀造我的情感的人卻是凋零了。

這就是我對我的倖存，十分感傷。

這就是我對你的健在，無限興奮。

讀你的信，看出你在歷盡劫波之後仍有自信，你仍然說，做人應該「忘記背後，努力面前」。忘記背後，努力面前！三十九年的大破大立之後，你的心裡還未忘記耶穌的格言！

有些事情你可能已經忘記。當年我懷著幻想和挫折，在教堂裡和你隔座相望，你打開新約，用紅鉛筆圈出這八個字遞給我，我忍住淚水的眼圈和你的紅筆同樣鮮明也同樣矇矓。紅眼圈一樣的圈圈，堤防一樣的眼圈，長城一樣的堤防，傷痕一樣的長城，而蚯蚓一樣的傷痕。

忘記背後，努力面前，多謝你的良言美意。不幸的是，在過去三十九年之中，我做成了一個以反身觀照為專業的人。世上豈有不回憶的作家？

我也有過不願回憶、不敢回憶、茫茫然無從回憶的日子，在那些歲月裡，我寫作時的艱難與自卑啊。而今世事如雲換過，我擔憂我回憶的能力在長久的禁錮中萎靡了、乾枯了，而你以一滴水使它復活。這時，回憶，述說自己的回憶，是多麼快樂的一件事啊！

我想，不能僅僅說，人活著就是成就。應該進一步說，人活著，並且能自由述說自己的回憶、能忠於自己的記憶，才是成就。

忘記背後，努力面前。在飄泊者出發之前，這八字真言是你親手裝配的一副行囊。它是我的重擔，也是我的倚仗。

不需要查看地圖，你也能知道我走得多長、多遠。你也能猜想，我也有我的災害和浩劫。我想，幸而我深藏著我的回憶，我的心如同一張底片，既已感光，別的物象就再也難以侵入。對一切的煽動、誘惑、侵蝕，我都不能產生他們需要的反應。什麼圖騰、符咒、法器，都未曾觸及我的靈魂。在我的方寸之間，再也沒有餘地可以安放別的神龕。

回憶如水，為我施行浸禮。

回憶如火，給我反覆的鍛鍊。

人海的浪有時比山還高，而回憶是載著我的一葦不沉的小舟。

對我而言，沒有背後，就沒有面前。我面對著一面巨大的鏡子，我的面前是背後的返照。

我永遠不能走進鏡中，我也寧願置身鏡外。我是用文字作畫的人。

這些年來，我每畫一筆，都跟我回憶中的你商量過。我不知道你也能忠於你的回憶、自由述說你的回憶嗎？

如果

每一盤棋下完了之後，都有許多「如果」；如果我當時不跳馬；——如果他跟我拚了車；——如果我吃掉他的仕；——如果你們看棋的人少插嘴……

如今，你說，如果當初我不南行，和你一同北走——我讀了這句話且啼且笑：世事真如棋耳。

當初，那時，幾千人露宿月臺等火車，由動脈到靜脈流著希望和絕望，像等一樁命中注定的姻緣。當時，的確有人，在低頭沉默了許久許久之後，驀然站起，拾起他的行囊，離開「北上」的月臺，大跑小跑的走過天橋，到「南下」的月臺，擠進人叢，找一個立足之地，這是黃昏時的事。可是破曉時分，他又扛著行李，蹣跚的跨過鐵軌，一臉堅毅，坐回原處。

一天，兩天；一夜，兩夜。等得越久，火車越像是下一分鐘就吁氣而至，於是這位難友就越忙碌，氣喘咻咻的搬過去，再搬過來；搬過來，再搬過去。在那人人畏縮蕭瑟的天氣，他竟是滿頭大汗。

到底那人，他內心反覆不停的表決是何時終止的呢？他在兩難之間所做的最後抉擇，會帶給他什麼樣的命運呢？老實說，火車一到，就沒人關心他了。但此刻，讀你的「如果」，我忽然想起他、罣念他。

那時，我們都在那個站上等車，你要北上，我要南下。我們等了兩天兩夜，隔著兩個月臺之間的鐵軌相望，隔著早晨的霧氣和夜晚的星光相望，隔著重重的人影和冷冷的雨絲相望。我們都緊張的等著捕捉那萬分之一的機會登上火車。那隔在中間的鐵軌，不久就要變成百丈鐵牆。你有你的軛，我有我的軛，而一輛車在牆裡、一輛在牆外。我們得分別尋找自己的車，再無猶疑。

那一次長別是你先上車。車進月臺，我就看不見你了。列車出站，留下一片空白的月臺，我沒有哭。我真的沒哭，我慶幸你擠進車廂。我從你的勇敢學到了勇敢、由你的責任想我的責任。忘記背後，努力面前，面前是新綢一樣的黃河，不到黃河心不死，我把你繡在綢上。前面是六朝金粉的遺跡，我把你放在古寺的觀音座上。前面是水天連接的黃海，我把你送進海上仙山的仙子群中。前面冰封雪飄，馬後桃花馬前雪，我把你留在長城裡面的風景裡。我曾是喪家之犬，慌忙奪路，連我自己的歷史都沒帶出來。有一夜，我的心肌發生密密麻麻的爆炸，可是我沒有病。不是病，是你，你的腳步，你的呼吸。我到底還是把你帶來了，心電圖畫不出來，X光照不出來，只有我知道你在。那夜，在棕櫚樹下，我想，我興奮的想，今後我將永無寧日了！

我卻從未想過「如果」——

即使「如果」，又如何呢？在那「史無前例」的年代，我們如何逃於天地之間呢？如果我貼了你的大字報呢？如果你把我的信託、我的傾訴都寫成「材料」呢？如果我成了你的隱疾、你成了我的罪愆呢？如果我們必須互相殘殺以供高踞看臺上的人欣賞呢？如果「在榆樹下，你出賣了我，我出賣了你」呢？

如果百年後的人讀到這番話，也許不知道裡面究竟說些什麼，可是今天的人知道。如果人人棄仁絕義，我們何福何慧，可以如終如始？如果事事腐心蝕骨，我們何德何能，可以不殘不毀？

容我指述，心靈的巨創深痛，多半是由近在肘腋的人造成。而別離足以美化人生。當年我們背道而馳，也許是上帝的恩典吧，正因為再也不能相見，我才一寸一縷把你金妝銀裹了，我才一點一滴把你浸在柔情蜜意裡，我才累積思念和崇拜為你建造了座基。「人自別來猶覺好」，該隱和他弟弟，如果中間隔著一條海峽或是一座火燄山，他也許能留下「鶺鴒」那樣的詩篇，不幸他們必須在一塊田地上耕種。

我也不願意說「如果你南下而不北上」。我的字典裡沒有「如果」，只有「曾經」。我無意向你誇耀我是如何幸運，我聽見的聲音也並不全是搖籃曲和耶誕快樂。我有我自己個人的「浩劫」。聖經上記載的境界，「心思像孩子，意念像孩子，面貌像孩子」，我只有羨慕，或者懷疑。飛蛾雖有千眼，總是見光而不見火。今生如此，來生如此，只有「曾經」，沒有「如果」。

如今該是深秋了吧，所有的「如果」化為蕭蕭落葉，所有的「曾經」都纍纍成實，而我們在園林漫步。

只要還有樹，只要還有果樹，秋景總是美好的吧。

兩猜

你怎麼忽然生那麼大的氣？你是勃然大怒了！

我道歉。我非常非常抱歉。雖然我完全沒有料到你有這樣的反應，我仍然覺得應該自責。你必有你該怒的理由。

昨天，我在後院裡看貴處的風物誌，風過處，一片樹葉正好落在記述綠化造林的那一頁。我馬上把書本闔起來，緊緊壓住。

我還沒忘記我們小時候的迷信，如果樹葉落在你的書頁中間，你就會收到遠方的來信。那時從郵差手裡接到一封信是大事，不像今天，天天有成疊成捆的書刊、廣告和帳單。可是廣告、帳單又怎能算信呢、又怎能算信呢。你的怒，才算是信；你的罵，才算是信。

怒吧，帶著你字裡的英氣。你在怒中格外真實，不再是綽約的影子、渺茫難稽的傳說。你是常常有資格發怒的人嗎？我不知道，如果你是，我尊敬你的習慣。或者，你是，長年壓抑自己的情緒而沒有出口的那種人？如果是，我尊重你的機會。

唉，我們是一邊猜一邊通信的人嗎？我們是一邊猜一邊生活的人嗎？你是怎樣猜我？我又該怎樣猜你？一個字能負載多少謎底？一頁信箋又能負載多少字？如果有見面的一天，我得推著五車書前往，因為言外有意、意外有言，每一件事都得由形而上說到形而下，每一句話都得加註加疏，每一次談話都得如同做學問，說完了現象說背景，說完了後果說前因，一如博士賣驢，書券三紙還不見一個驢字……

事到臨頭，推己及人，這才想起，紐約是今天中國人的鵲橋。可是，我見過那天天跟牛談心的他，來到橋上卻對她說：「怎麼了？怎麼了？妳想到哪裡去了？妳的心眼兒忒多！」那個能夠從織布機聲裡聽出多少款曲來的她，卻在橋上對他說：「你的話我怎麼聽不懂，你說話怎那麼奇怪！」四十年相思，情意濃如岩漿，幸而相逢，才發現早已凝成各自的形狀。簽證苦短，他們如何能打爛自己，攪拌均勻，再塑一個你、捏一個我？這和電影上表演的、小說中描寫的是多麼不同、多麼不同啊！

人間的牛女易老多愁，他們一登上直飛紐約的班機就哭了。可是走出機場，再世重逢，他們立刻還原為十幾歲的寶玉黛玉，情意靠爭吵來溝通，和平靠緘默來維持。居停主人在家時，他倆關在自己的臥房裡，一個默默的抽菸，終於抽遍了各種牌子的香菸，一個默默的看完了金庸的十幾部武俠小說。他倆只有在東道主全家外出時才敢交談，因為所謂交談，無非是夾纏不清的激辯和治絲益棼的解釋。他們沒有共同語言。

記否當年，我們都是流亡學生，我們的一個同學向附近民家借碗使用，他失手打破了碗，就特地買了一只新碗來歸還。誰知碗主人拉長了臉，一言不發，把那只碗摔在地上，碎成片片，並且立即關門拒客。這件事讓那位同學難過了好幾天。許久以後，我才知道，那碗主人也難過——甚至可以說是恐懼——了好久，當地人認為你拿一只新碗進門乃是凶兆，唯一的禳解之道就是摔碗閉門。送碗是一番好心，摔碗也沒有惡意，可是叫人如何能解呢？

現在，是你，摔了我送上的碗嗎？

十里不同風，百里不同俗，這千里萬里，風俗改變了多少呢？東集有東集的秤，西集有西集的斗，這南集北集又用什樣的度量衡呢？張三的蹄膀，李四的砒霜，那砒霜究竟治了多少病人、蹄膀究竟添了多少病症呢？謎太多，我簡直難猜。小時候，你喜愛彈琴，有一次聽你彈奏，琴音震動那插在瓶中的月季，「瓶花力盡無風墜」，鍵上如果飛出重音，花瓣就落下一片。既不希望琴歇，又不願意花謝，小小的我升起一陣小小的焦急。咳，琴又何能久、花又何能永呢。

我當過兵。當了兵，總會輪到你放哨，哨兵的基本假設是，你遇見的每一個人都是壞人，你得監視他、提防他，讀秒競賽誰的子彈先出膛、誰的刺刀先進膛，你不能站在他的射程之內，也不能讓他在你的射程之外逗留。當初薪火相傳，我聽了這話露齒一笑，那執火炬的大巴掌立即給了我一個耳光。又誰知後來在社會邊緣行走，生張熟魏、碰來碰去怎麼撞見那麼多哨兵。等到看清他們的準星尖，一切已遲，思前想後，當年操場上的那一巴掌白挨了。你當我也是一個哨兵嗎？我不是，我不是，不是不是不是。你呢，你是嗎？你是嗎？

巴掌的滋味忘了，夜哨的滋味仍在。直到現在，我眼中的夜色比你眼中的夜色黑沉，我在夜間看人的眼白比你看人的眼白清楚。時至今日，有些人在我的檔案裡只剩下眼白了。可是你，在我成為哨兵之前，我們就失散了，你的眼白呢？我得翻箱倒櫃仔細找。

失名

中國地大，地名真多，當年考地理的時候想過，老祖宗幹嘛要留下這麼大一片疆土，弄得我們怎麼也考不到九十分？

可是還有外國地理，那些地名更是難念難記，於是又埋怨老祖宗，如果當初把那些地方都收入中國版圖，地理名詞都像華山呀盧山呀，也多少有個譜。

這就叫年輕。

既然地方那麼大，對自己到過的地方總是很珍惜，也曾經準備了一本日記，路上留下所見所感。每逢經過大鎮小城，不管早已多餓多累，總要找到郵局，請他們在日記本上蓋個戳，日期，地名，上頭全有了。一文錢沒花，這紀念品可是無價啊。

　　這也是年輕。

　　日記本早已毀於戰火，記憶已逐漸模糊。想想我經過的那些地方，大半是鐵路不到、公路沒修、地圖不載、經傳不見，那地方只對當地居住的人有意義，他們不求人知，人亦不知，我這匆匆過客，倒是有些多事了。

　　可是，有些不知名字的地方，有些忘了名字的地方，對我有特別的意義。地名可以忘記，地方不會忘記；地方可以忘記，事件不會忘記。在那個忘了名字的村莊上，我們見過一面，你想我會忘記嗎？

　　我永不忘記你，火車汽車，大路小徑，來看我用豪言壯語換得的一身襤褸。你的淚珠在我內心輕輕爆炸。在這難問生死的四十多年當中，它像新年的鞭炮、國慶的焰火，週而復始，連綿不絕。

　　我永不忘記，也永不提起。「不如意事常八九，可與人言無二三」，如意的事豈不更是如此？叫我對誰說呢，叫我在什麼時候什麼地方說呢。四十年後，即使對你，我也覺得世事茫茫，無從啟齒。

你以為我會忘記，你問我，記否那是哪一年，我說，時在天寶年間。你問我，記否那是什麼地方，我說，那是虢國夫人返里省親的古道之旁。我記得，那個村子不大，整個村子裡沒有一棵花。一個十分乾燥的村子，沒有花，卻有隨風捲來徬徨迷失的蝴蝶。就在這樣的季節裡，你翩然而至，事先沒有消息，也許你寫過信，我看不到。我接待你如捧一掬明珠，怕人看見，又實在無處收藏。在我眼中你是一圈光，光裡有聲，聲裡有淚，淚裡有叮嚀。直到今日，那光仍在，那聲仍在，那淚仍在，叮嚀仍在。

那夜，我在營外通宵守衛，忘了交班。那夜繁星滿天，星低得掛在家家簷角窗口，在這個一向沒有花的村子裡，樹梢的星星就是花了。我難道患了瞳孔放大症嗎？每一顆星都特別大，沉重得在天上掛不牢，星光照著你的來時路，尋找你，整個原野星光所被之處，有你無數的身影。這是多麼重要的一個地方！可是我忘了它的名字。

是巧合嗎？你走後，我們也像脫掉破衣一樣離開那地方，沿著虢國夫人入京的路，折向秦皇東征掠取之地，穿越武王伐殷血流漂杵的戰場，直奔楚漢決戰的平原。一路村落行盡，不知名稱。我已從一時的流亡，延長為終身的流浪，有了你的眼淚，我可以做個及格的流浪漢了吧。你以淚為標點，點斷了我的渾沌；靠著你的灌溉，我長成一棵會思想的蘆葦。

在那次有組織的流浪中，我又仔細的、熱烈的、憂傷的看了我們的國家。國家是永不閉幕的展覽，給愛它的人看，給棄它的人看，給損毀它的人看。那次遠行長征的最高潮是我們踏上了一望無垠的黃土、瀚海一樣的黃土，能悄悄的脫掉我們的鞋子；頑童一樣的黃土，黃土飛揚，霧一樣淹沒遠山近處，雲一樣遮蔽天空。渾濁變午為夜，過往的汽車都開亮前燈，搖曳著一團黑影、兩點暈黃。土在我們的髮根耕種，土在我們的褲腰裡築城、在我們的耳渦裡口袋裡槍管裡捉迷藏，油漆毛細孔，給五官改妝。我們是在土裡夢遊，那是一次土遁。

那一次，我算是體認了土的親切、土的偉大、土的華麗。同伴相看，皆成土偶。我對自已說，不但人是塵土造的，國家也是。在那復歸於塵土的日子，我和土爭辯。土，埋葬過多少忠骨丹心的土，埋葬了多少春閨夢裡人的土，你還不可以埋葬我，我還要看你、讚美你，在你上面滴許多血汗和踏無數腳印。我還想堆你成山、塑你成像、燒你成器。我還想化合你成金、分解你成空、曚矓你成詩。

結束那一場塵緣的，是傾盆大雨。天還是在我們頭上，但不知從天的哪一邊射出長電，剎那間，所有的塵粒都閃出反光，緊接著，一聲霹靂，宇宙響起閉幕的鑼，萬丈浮塵緩緩下降、下降，降下來層層水簾水牆。輕雷來敲我的囪門，剎那間全身滲透，泥漿竟想脫我的褲子。「向後傳，捲起褲管」、「向後傳，捲起褲管」，如果我還能看見後面有人。閃電一遍一遍清查我們的人數，尋我們靈魂裡的瑕疵。後來，我不知怎麼進了一片樹林。

一片樹林，我們鑽進，全身卸裝，在無數細小的瀑布裡澣洗了，再剔指甲。那一刻是我們的世紀末，我們縱情享受雨水，全不管一分鐘後的雷殛和明天的肺炎。我想我洗得幾乎也化身為水。洗禮也許是有些道理的吧，我想，許多許多的過去，都留在那黃土裡頭了，我不帶走一粒塵埃。我不知道那地方叫什麼名字，只記得那是中國。這以後，以後的以後，以後的以後還有以後，中國的事情人人知道，你的事情我不知道，我的事情你不知道。舊夢如謊，舊情如蟄，滄海桑田，舊事出土，只是蟄埋，並未死亡；只是出土，並未復活。

不要以為我會忘記什麼，即使是夜哨望著黑暗的角落想像出來的白眼球也栩栩至今。異域跼蹐，我得仍然把從前放在原處。中國是一切海外逐客的博物館。

山水

你從廬山寄來的信收到了，多謝你面對美景分給我一些石皴松翠。你為看廬山，不辭遙遠，想是健康良好，經濟條件也不錯，而且廬山上的迎賓之所並非有錢就可住得，你的社會關係大約也是跟尋常百姓不同的了？杞人憂天，我是到此可以告一段落了吧。

若干年前，我們錦繡河山的彩色照片風行一時，大大小小我收到很多，可以說五嶽俱全、三江皆備，廬山的橫嶺側峰，更是不一而足。乍見初逢，喜多於愁，看久了就覺得畫面上缺少一點什麼。你道為何？那些畫面全是空鏡靜景，沒有一個遊人！松蓋之下，泉流之旁，危徑之上，翼亭之內，不該有些趙錢孫李、男女老幼嗎？沒有！然而沒有！

我不是餐菊的隱士、吐霞的詩人，我對人文的興趣大過自然。還記得當年在華山旁邊經過，最深刻的印象不是天外三峰、仙人一掌，而是在那高傲的公路下面卑微的便道上，一輛一輛獨輪車，上面放著一袋一袋糧食，由一個一個農夫推著，到什麼地方去繳納。這一列車隊好長，恐怕公路有多長它就有多長吧？推車的人，赤著上身，貓腰虎步，脊椎隆起抖動，如鎖身的鐵鍊，車隊有多長，這條鎖鍊也有多長。這種獨輪車的車軸在轉動的時候會發出急迫的響聲，路遠載重，它的響聲激昂，把整個車隊響成無數悲嘶的蟬，這是我記憶裡的華山。

你的信完全沒有提到「人」，我對「人」的興趣與日俱增，「人」的差異與雷同，「人」的適應與反抗，「人」的外貌與內心。我這樣的態度也許未免辜負河嶽，倘若不問蒼生問西湖，豈不更失之偏執？人心不足，你雖說信已寫得太長，我猶以為太短。

你對社會現象的關心，原不後人。當年烽火遍野、流離道途，為了在困境中振作起來，老師教我們各言爾志，那個場面，現在回想起來十分感人。

有一個女同學，她叫什麼名字來？她和一個男生沿途互相扶持，有一夜投宿荒村，男同學突發燒，尋水不得，記起村前有一條細流。就著月光看去，那水十分清甜，就急忙舀起來喝了，他喝完了水，就在溪邊躺著，高燒不退，就掙扎著再喝。挨到日出，我的上帝！這才看見水中全是數不清、解不開亂成一團的小蟲子！日落之前，這位男同學就死了。我們一同埋葬他。我們一同勸那女同學節哀。我們一同聽她痛哭，她把自己哭成情侶、哭成妻子、哭成母親。各言爾志，我們聽她哭著說，她要使全國各地無論多麼偏遠、無論多麼高亢的地區都有自來水。

那時我們入山惟恐不深，信比萬金更貴重，走山路送信來的郵差，竟是個雙目失明的女孩！她總是夜晚出現，仍然提著一盞燈，為的給狼看。我們在操場上一面乘涼、一面等待那螢火蟲一般的燈，在黑塵濛濛中上下飄蕩。

那兩年，我們都懷疑是不是還有家。郵袋中總是找不到我們任何人的名字。那麼，郵差為什麼還要來呢，因為那裡的郵局有一個習慣，把收信地址不全、收信人身分不明的郵件全送到軍營。那些信，也確乎是母親寫給當兵吃糧的兒子，或是妻子寄給投筆從戎的丈夫，信在路上走了好幾個月，僥倖逃過一波一波的遺失和損毀，可是她們的親人早已不知道又像山洪一樣傾瀉到哪條江哪個湖裡去了。當地代辦郵政事務的人對這變幻無常的世事那裡管得，反正這裡還有軍隊，還有數目超過當地人口的穿軍服的外鄉人。

就這樣，無法投遞的信件源源送到我們手中，拿到那些信，我們竟有同是天涯淪落人的親切，竟覺得每一封信都和我們有關、每一封信我們都有權代拆，有義務回覆。我們真的這樣幹了。教室裡，桐油燈雖然昏黃，每個人的眼睛卻異常明亮。

那些信啊，多少母親求神問卜、多少妻子失眠消瘦的結果啊。信，多半是三家村塾師的代筆。字大墨濃，之乎者也，未讀之前聞到撲鼻的墨臭。也有一些信由小學生用鉛筆寫在練習簿上，以大量的別字拼出當地的土語。有人從家雞身上拔下一根明亮的羽毛來包在信裡，預祝這信早日寄到，有些妻子把孩子的腳印用墨拓下來附在信裡，讓「他」看看孩子長大了多少。

那些信，幾乎每一封都說家裡生活得很好，其實看信就猜得出來，能好到哪裡去呢。每一封信都叮囑在外面的人愛惜身體，其實誰還顧得了這七尺之軀呢。「為什麼不來信？是不是找不到代筆的人？」您要代筆的人嗎？有啊，我就是。我們就把來信的信封翻轉再造，從筆記本上撕紙，寫一些話去滿足那些倚門倚閭的眼睛，寫到夜深人靜，竟是邊寫邊哭，不知道自己是誰。

那天各言爾志，你慷慨陳詞，要使每一個家庭團聚、使每一個母親知道他的兒子身在何方、使每一封信都能準確的安全的交在收信人的手裡。我們熱烈鼓掌，並且說，這也就是我們大家的志願，你已代替大家發言。

那天發言的人總有十幾位吧，早歲哪知世事艱，總以為每個人卑無高論、其志甚小，後來，現在，你該明白，難啊，即使是很低很低的理想、很小很小的主張都談何容易！三十多年以後，我在紐約替海峽兩岸的人轉信，那些信也是教我看了哭、哭了又看。江山依舊枕寒流，當初言志的少年，而今都還平安嗎？

匡廬雖遠，捷足可登，謝天謝地，你是「躲盡危機」了吧，這是陸游晚年的句子，下面緊接一句「銷殘壯志」。少年子弟，江湖漸老，胸中壯氣還有多少，你可能替我一一遍問他們？

讀江

我想起那條江。在中國的西北，那是一條大水，在歷史上顯赫過。

我獨自一人穿過一個人口密集的城市，人多得可以排成牆，街道卻是窄得出奇，那情景十分詭異。

城外碼頭，很寬的水面，很小的船，船夫是個中年的漢子，他說的話我只能聽懂一半。船往水窄處走，不久，——也許很久——兩岸就是層層疊疊的水成岩、就是亂峰、就是飛魚般的落葉。城中的擁擠燥熱，恍然是隔年的事了。

回想當年經過的山山水水，都成了濛濛煙雨中的影子，像米芾的畫，唯有這條江一根線條也不失落。船是溯江而上，我坐在船頭仔細讀那條江。江上秋早，寒意撲人，江水比烈酒還清，水流很急，但水紋似動還靜，江面像一張古代偉人的臉，我仔細看那張臉，看大臉後面排列的許多許多小臉，以他們生前成仁取義的步伐，向下游急忙奔去。

如果我橫坐，江岸就是徐徐打開的手卷了。山高必定水窄，想是大禹王為了省些力氣。這時，山就貼在我的臉上、豎在我的鼻子上，山上的樹就生在我的頭頂上，好像我的生活已經離開我，我已不屬於這個世界。

有些石版屋以看臺座位的模樣，依地形排列在岸上，偶然露出曬衣的竹竿。看臺上並沒有觀眾，江岸上的人，石版屋裡的人，——如果屋裡有人的話，——對這條江、江上的船、船上的人，從不瞧上一眼。漁郎和浣女都是在工作的時候不輕易抬頭的。這更增加了秋江的寂冷。

那船家漢子，應該是個關係密切的人吧，同船共渡，他是一船之長。他的表情十分緊張，這個藏著許多迷信的人，時時防範有人觸犯了他的忌諱。

我就一句話也不說。我的沉默和他的沉默比賽，他的沉默和江的沉默比賽。江面有浪無聲，沉默得令人慌張。落雨了，我傾耳細聽，聽雨點打在江心彈奏的聲音，聽雨點打在篷頂嘈雜的聲音，聽雨點打在石版上近乎乾裂的聲音。然後再聽各種雨聲的混合。

每天早晨，日出之前，我望著利刃似的江水、江水般的天空、天空一樣的前途，想人，想人生。逆水行舟，連坐船的人也容易疲勞，你總覺得你也在使力氣。這江上的滋味是什麼滋味呢，同是祖國河山，為什麼這一衣帶水使人血冷呢！

船以風力行駛，可是行到上游，要靠人力曳過淺灘。這時，我見到了從沒見過的縴夫、聽到了從沒聽過的縴歌。領隊主唱的人確有一副很好的歌喉，加上山鳴谷應、秋水傳音，說是當作一場音樂會聽並不為過。——可是這話未免太沒有心肝了吧。那一小隊縴夫，除了那領隊的以外，竟然都是在秋風裡一絲不掛、在山徑上赤足而行！想必因為長年如此，他們全身的皮膚厚黑粗糙，簡直就是直立的野獸（我說出這等話來應該打自己耳光，可是，不這樣說，又該怎樣說呢？）。拉縴的時候，上身彎成直角，男人最該遮掩起來的那團事物，纍纍掛在股間，從後面看去，不是僅僅少了一條尾巴？

（耳光！耳光！）

我很悚慄了一陣子。他們並沒有隨身攜帶衣物，旁邊的石版屋就是家，他們是赤條條走出來的吧，也要赤條條再走回去嗎？我的同類，我的同胞，我們都是人，那站在冷冷的江水裡張網待魚終此一生的，是人；表情漠然，撐一條船上游下游終此一生的，是人；在長縴上拴成一串掙扎呼號度過一生的，也是人。我的一生會是什麼樣子呢？生命有沒有共同的意義呢？

一天，船行到一個上有懸崖、下有激流的地方，靠了岸，一船之長取出紙錢來到岸上去焚燒。我什麼也不敢說、不敢問，這回他忍不住告訴我，上個月，這裡淹死了一男一女。他指著一簇石版屋：那裡有個男孩愛上一個女孩，女孩的父母百般阻撓，男孩只好要求做那女孩的弟弟，當然，這個要求照例受到厲嚴的駁斥。那傷心絕望的男孩說：好吧，我一定要做你的弟弟，我明天去死，死後到你家投胎，做你的弟弟！

馬上，男孩跳江自盡了。

奇怪的是次年女孩家裡果然添丁，在那樣的家庭裡，照顧嬰兒是女孩無可避免的責任。嬰兒在女孩懷裡長大，相貌越來越像死去的男孩，望著姐姐的臉笑，緊貼在姐姐胸前，小情人一樣微醉。

一天，女孩望著弟弟，目不轉睛的望了很久，忽然說，我們都死掉吧，我們一同死，一同投胎轉世，然後我再嫁給你。她竟抱著弟弟從崖上跳進江裡，兩具屍體都沒找到。

啊，這樣也是一生！

我每天讀那條江如讀一厚冊哲理，同時我讀你如讀那條江。我拚命探索你說過的每一句話、詮釋你的每一個表情、審問你的細微的動作所揚動的灰塵、重數你臨風昂首時的頭髮、溫習你微笑時眼中閃耀的光線。我想像你的一生。一如那條江，我相信你是統一的。可是讀江不易，讀你更難。

你怎樣想像自己的一生呢？你怎樣衡量別人的一生呢？什麼是你的表白？什麼是你的隱藏？什麼是你的停頓？什麼是你的奔流？你是一個什麼樣的謎？你是哪一種禪？

我要仔細問你。我躲在艙裡給你寫信，寫了一封又一封，寫光了我帶的紙。我可以寫得像江一樣長。但是，在捨舟登岸之前，我站在船頭，凝望平陸，把那一疊信一張一張投入江中，波浪像魚唇一樣咬它們。我知道你什麼也不會說。你不是江，你是一本闔著的書。

後來，很久以後，我忽然靈機頓悟，一切豁然。我明白了，我了解人，也了解你。屈指計算，正是我讀江二十年後，你所懂得的，我也懂了；你到達的境界，我也到了。

你的智慧比我領先五分之一世紀。那也沒關係，人生如後浪跟前浪，最後總是所見略同。

那條江，還是晝夜不息的流著吧。

舊曲

智者千慮，必有一失，居然你也有料事不明的時候。你說，國外的人滯留不歸，是因為祖國太窮。這話不對。拿我來說，異國的富和我有什麼關係？我就是守著密西西比河，每天也只喝五磅水。幾十年來，海外有這麼多華人辭根化作九秋蓬，不是因為窮，而是因為——、因為——，讓我考慮一下能不能坦白的寫出來。言語易發難收，也許你會大怒，也許你會敏感。白紙黑字，十目所視，也許你怪我不知輕重。我們之間的紐帶是直覺，不是邏輯；我們的共同語言源自歷史，不來自新聞。

我想，如果是面對面談天，話到此處，如果我還有機智，最好是「亂以他語」。我該說，你一向喜歡京戲，現在就聽一段〈蕭何月下追韓信〉吧。

我的錄音帶裡有一捲麒麟童，唱詞沒忘記吧，說明書上印著呢。

我主爺起義在芒碭　拔劍斬蛇天下揚　遵奉王的聖旨降　兩路分兵定咸陽　先進咸陽為皇上　後進咸陽扶保在朝綱　也是吾主洪福廣　一路上得遇陸賈酈生與張良　秋毫無犯軍威壯　我也曾約法定過三章　項羽不遵懷王約　反將吾主貶漢王　今日裡蕭何薦良將　但願得言聽計從重整漢家邦　一同回故鄉　撩袍端帶我把金殿上　三叩九首見大王

麒麟童沙啞的嗓子，生出「鞠躬盡瘁、殫精竭慮」的形象，在艱苦抗戰的年代，感人甚深。那時，這段戲到處風行，酒酣耳熱有人唱，風清月白有人唱，燈火滿臺也有人唱。不管哪一種意識形態，都能把這段唱詞看作自己處境的象徵。由左派唱到右派，由重慶唱到延安，有人嘻嘻哈哈的對我說，這段唱工才是中國的國歌。

勝利了，大分散開始，我走出你的影子，帶著你留給我的困惑。你可知道，這以後，我們換了戲碼，在我們心裡，蕭何退隱，秦瓊復出。他的一段自白，我也寫在這裡吧！

將身兒來至在大街口　尊一聲列位聽從頭　我不是歹人並賊寇　也非是響馬把城偷　楊林道我私通賊寇　因此上發配到登州　捨不得太爺待我的恩情厚　捨不得衙役眾班頭　捨不得街坊四鄰的好朋友　實難捨老娘白了頭　兒想娘　難叩首　娘想兒來淚雙流　兒是娘身一塊肉　兒行千里母擔憂　眼望得紅日墜落在西山口　望求公差你把店投

那幾年，常常聽見有人這麼唱，並不知道到底在唱些什麼。也是十幾二十年後吧，偶然從大戲考上看到這段唱詞，立即過目成誦，再也不能忘記，唱腔也無師自通，馬上可以引吭高歌。這一唱，就覺得十幾二十年前自己也跟別人一塊兒唱過，就把由蕭何到秦瓊這一段歷程回看了，把當年愛這一段蒼涼的、早熟的小伙子們一一諦視了，再去看鏡子裡的自己。

你對紐約了解多少呢，我唯一的西方背景，是十三歲（？）那年，一個叫華樂德的白人牧師為我施洗。像我這樣的人，移植到半個地球之外，是怎樣活過來的？你一年四季都可以看到頤和園，當年慈禧太后為了集天下名花於一園，特意命人由江南運水運土，經營花圃，培育江南的花種，即使如此，有的花只能吐芽，有的花只能抽葉，有的花是開了，終於小了一號、薄了幾層、淡了三分。這些年，紐約對我，可是進行了一場觸及靈魂的文化大革命哪。每年有六萬中國人從亞洲各地移居美國，他們有幾人是為了美國的財富？又有幾人能夠得到財富？照我們流行的說法，他們絕大多數是來「墮胎」，並且以後再也不能生育。他們何苦，何苦來呢！

誰能設身處地了解別人呢，為對方設想豈不是放棄了自己的立場？我能夠從這個流行的心態掙脫，是因為學詩，詩人經常把自己假設成別人。你本也愛詩，後來呢？現在呢？是否讀過「漢恩自淺胡自深，深深淺淺點點心」？是否記得「君不見咫尺長門閉阿嬌，人生失意無南北」？這些詩句幾乎是掛在海外華人嘴上的一支歌呢。

我實在欲罷不能、實在不能不說，誰甘願由追韓信的蕭何變成起解的秦瓊、再變成出塞的昭君呢？誰會主動選擇這樣一條路呢，這樣曲折的一條路他們是怎樣走過來的呢？在這拋棄過去、尋找未來的路上要受多少折磨呢？他們並未作曲，只是演唱；他們不是編導，只是擔任指定的角色。四十年的歷史在那裡明擺著。

寬宏大量，你就讓我說了吧。海外華人往往自比花果飄零，我看也許更像大額小額的鈔票。當初豪客萬金一擲，從他手指縫裡流出來的鈔票散落江湖，有幾張還能回籠？他可以另外蓄聚更多的資本，但，能都是原來的鈔票嗎？

第二部

世事恍惚

黃河在咆哮

今天海韻唱黃河，黃河在紐約咆哮。風吼馬嘯，高粱熟了，這支歌我也會唱。那是在槍聲砲聲使孩子一夜變成大人的年代、在一支歌可以使農夫馬上變成戰士的年代，那時有手就可以握槍、有口就可以唱歌、有血就可以救國。那時我們的生活裡有風、有馬、有高粱。黃河在歌裡，歌在高粱酒裡，酒在動脈裡。黃河是中國的動脈，地圖上三江五嶽，脈絡分明，夜半營火熊熊，打開地圖看待復的河山、看焦土上的點點星火。四十年了啊，四十年斷層，黃河久成絕響，海韻啊海韻，舊曲新奏，我不忍再聽，我不能不聽。海韻啊海韻，黃河遠去，黃河變成象徵、變成傳說、變成音樂廳裡的清唱劇。今天黃河又怒吼了，或者說，黃河一直在怒吼，今晚我們又聽見了，音樂廳裡，合唱團化身黃河，演示那一頁歷史，燈群如繁星在天，腳下的地氈使我想起離離草原。合唱團排出傳統的矩陣，女高音白衣似雪，沒有馬，有鋼琴；沒有風，有空氣調節。在人造的春天裡有成束成籃的鮮花，沒有暴雨，有暴雨也似的音符。在白髮指揮的東指西顧間，歷史變成了聲樂，這支我們久已熟悉的歌脫胎換骨、羽化登仙，翩翩飛臨，給我們一個美麗的新世界。聽眾席上，今日之我問昨日之我，哪個是幻，哪個是真？然而怒吼仍在、暴風雨仍在，存在於音樂之中，依照聲樂的法則變服易形。這仍是我們流過血、流過汗的歌，我們有過多少支歌啊，那些艱苦歲月我們是唱著過來的，只要唱出來，彷彿痛苦並不存在，而願望也似乎早已實現了。歌也有生老病死、成王敗寇，當初四萬萬人唱三千支歌，而今人們記得幾支呢？誰還記得，我是太陽，我是永遠不滅的火，我是光明所有者，光明永遠屬於我。豪言壯語，卻是帶著淡淡的憂鬱，誇而不浮，很美呢。在這世界上，我驕傲我生為中國人，二十世紀該有一頁我與敵人的鬥爭史，很抒情，很散文化，然而卻是簡潔了當的把戰爭哲學唱出來，給你一個心安理得。天空中失落了月，聲音低沉下去，失落了星，再低沉下去，地面還在朦朧，到朦朧兩個字微微上揚，拖了長音，像是抬起頭來望著遼闊的原野，遠遠的軍號響了，高上去，正在喚我出征，再高上去，正，在，喚，我出征，都連著一個休止符，抑揚頓挫，簡直就是集合號的號音呢。在這飽滿的張力後面，母親啊，謝謝妳的眼淚；愛人啊，謝謝妳的紅唇；別了，這些朋友溫暖的手。低音迴盪，好溫柔啊好纏綿，然而立即就是勇敢果決：騎上了戰馬，放鬆了韁繩，去衝敵人的陣營，在這旗幟下、我願我為了、祖國犧牲，進行曲的節拍，使你無論身在哪裡，心是在前線了。那支歌，歌裡那點浪漫的氣質，在那氣質感染下，多少人癢了瘋了，現在有誰記得它呢。然而那是我們的歌、我們的歌啊，我們還記得，我們永遠記得啊！抗戰結束，歌曲也要解甲歸田。黃河啊，你這得寵的孩子，你經天才含咀、經音樂學院琢磨、經伴奏者烘托、經指揮棒點化，你成為藝術，你是博物館裡的盤子，不再是餐館裡的盤子，你代表了歷史，也走出了歷史，你，已經不是人人能唱，甚至不是人人能聽、人人能懂的了。音樂會中途休息的時候，後座有人對話，一個問，青紗帳是什麼東西？一個反問，你學中國文學，連青紗帳都不懂嗎。我幾乎想插嘴，若我年輕二十歲，我必回頭插嘴告訴他什麼是青紗帳，在他聽到保衛黃河之前。然後我去洗手，我聽見一個人說真可惜，那麼厚一冊節目單，為什麼不把大合唱的歌詞印上呢，另一個人告訴他，歌詞有什麼要緊呢，這是聲樂，聲樂器樂都是樂，在英文裡，獨唱和獨奏是一個字。我想今日席上盡是審音度律之人，他們聽到暴風雨呀來了、暴風雨呀來了，也許只欣賞鋼琴低音部分的翻滾，不能想像敵機低空盤旋帶來的不祥的預感。他們聽到扛起了洋槍土砲、拿起了大刀長矛，也許只欣賞歌者在速度中兼顧清晰，無從體會莊稼漢丟下鋤頭、抓起武器那份兒慌忙迫促。八年苦戰，而今剩下的是樂評家筆下的演唱技巧、影評家筆下的表演方法、文評家筆下的描寫深度，當年在原野中先看看風向再唱歌的人，今日幾人有幸為聽眾、為讀者。緬懷當日萬山叢裡，歌罷黃河，各言爾志，我說今生今世並無大願，只希望抗戰勝利之日奔到黃河岸邊洗一把臉，洗去我滿面征塵，眾伙伴翕然稱善，都道是咱們大家一塊兒去幹。古來征戰幾人回，而今黃河在哪裡，那一張一張結實的臉又在哪裡，每見路旁有一叢荒草特別肥美，總疑心下面有個流浪漢的屍體。黃河之水天上來，奔流到海不復回，半頭白髮聽高音繞梁、聽美化了的歷史，才知道即使是三十功名塵與土、八千里路雲和月，也只有岳武穆才配得上、當得起。今天我要哭，八年戰火我不流眼淚，眼淚是我唯一的積蓄，涔涔潸潸，我今天要提取支付。藝術太美，人生太醜；藝術太莊嚴，人生太猥瑣；藝術太無用，而人生的實際需要太多；藝術太近，黃河太遠。舊曲使我再過一次十八歲、再做一次只憑清水就能抽葉生長的植物，萬慮未生，一念方始。在這世界上，我驕傲我生為中國人。別了，這些朋友溫暖的手。誰還會唱？誰曾聽過？它成了屬於我們自己的歌、成了我們的私房，它是我們靈魂的項鍊、是我們受洗的那一盂水。它的作者在哪裡、歌者在哪裡、譜在哪裡、詞在哪裡、舞臺在哪裡、伴奏又在哪裡。它跟黃河一同創造先烈，無緣與黃河一同創造聽眾。一歌成讖，我們真的沒了母親、沒了愛人、沒了朋友。我們還有歌沒有？還有歌沒有？

春雨・春雷

今天一大早電話鈴響，我睡意尚未全消，抓起聽筒，貼近耳朵，聽見今年的第一聲春雷。窗外，地平線上，那種把天和地分開的大爆炸。話筒裡塞滿焦響，沒有人語，窗玻璃、樓板都隨著共鳴。電話裡是雷聲，收音機裡是雷聲，樹梢上是雷聲，汽車喇叭裡是雷聲，世上再無第二個發聲器，大地只是一塊迴音板。

然後，我恢復了聽覺。電話裡，百里之外，那人問我：「聽見了沒有？又是一年！」

聽見了！聽見了！——你聽見了沒有？我真想轉頭問你。

我知道，你沒有聽見，你太遠，即使是日蝕，我們也不能同時看見。當世界末日，天使吹號召集世人受最後審判的時候，究竟是你先聽見，還是我先聽見？

這些話不是太無聊了嗎？我是想說，我們也有同時聽見春雷的日子。那是在我們乾燥的少年時代一個潮溼的早晨，我們因為營養不良而需要一個合唱隊，而合唱隊需要一個名字。那天，憂鬱的天空，在維持了整個冬季的拘謹之後，忽然像決心反叛似的，丟給下界一個霹靂。事先連個閃電也沒有，我們都嚇了一跳。一個同學說：「有了，我們的合唱團就叫春雷。」這時，植物油一般的春雨，非常細膩的灑下來，泥土地悄悄的泛黑，我聽見你說：「我們的合唱團也可以叫春雨。」

那時，我在做什麼呢？我用手指在膝頭寫著：春雨，春雨，春雨。我在想，為什麼春雷總是那麼凶悍、那麼不耐煩呢？曳著綠羅裙使所過之處生出芳草來的春神，為什麼用這樣焦躁的神態露面呢？這恐怕不是春天鳴鑼開道，這是冬天大吼一聲死了。春雨，春雨，春雨，我把這兩個字放在舌尖上跳舞，始終不能把它們吐出來。春雨，春雨，春雨，它們至今還含在我的舌底。

現在我向你要一支歌，我們以春雨之名正式操練的第一首歌，身無半畝、心憂天下的慷慨之歌，把跋涉當作修煉而從不計算里程的苦行之歌。有人說，這是我們合唱隊的隊歌。我們帶了救亡的火種，這是第一句，也是歌名，我沒記錯吧？走遍祖國廣大的城鄉山林，這一句有問題沒有？冒著急雨寒雪霜冰，不怕暗夜風沙泥濘，這兩句太不工穩、太不渾成，請告訴我，錯在哪裡？四十年來，我似乎一直是這麼唱的，也是這樣夢的，是哪一年哪一天開始唱錯了？是哪一年哪一夜開始夢錯了？

我記得，歌詞是四句一節，全首分成六節，六節唱完了，第一節反覆一次，對不對？我們從敵人屠刀下衝出，痛嘗夠亡國的殘害恥辱，遍身被同胞熱血染紅，滿懷犧牲決心和最大的憤怒。這四句是一節，對不對？這四句，是不是也有些字記錯了？原文到底是怎樣寫的？遍身被同胞熱血染紅，每逢我看到紅蛋，我一定會想起這一句。雖然溫習的機會很多，我仍然懷疑我寫出來的有訛有誤。那般搖盪性靈的歌，使我們唱了發燒、睡了做夢、仔細咀嚼了流淚的歌，到底，到底，到底是用哪些字組合起來？

還有，我要問，問那當年教我們唱歌的人，他說：「我不能指揮春雷，我可以指揮春雨。」說時伸臂展手如翅，我看到他修長的、白皙的、潔淨的手指，這樣的手指跟他的身材相貌氣性很調和、跟他的音質音色很相稱。事後回顧，他選了許多好歌做教材，那些歌有生命，能代表那個時代，使我們在精神貧血的窮山惡水之中，也還能有不落人後的地方，使我們空虛的老境裡還有大時代的餘音。他是一滴水，來自大海波濤，這一滴水裡有春雨之心、波濤之志，我想念這個人。

可是，「我們帶來救亡的火種」卻是不見經傳的。在音樂課堂上，他說，日軍砲轟宛平的那天，他正在北平準備出國。就在這一天，他家的房屋變成一堆瓦礫。就在這一天，他投進一個劇團，深入大巴山區，宣傳抗戰。群山萬壑，地平線迎面豎起，他們以腳趾為鉤，與猿猴爭路，可是他有那樣的手指。他們比歷史先來一步，讓山中人看生看死、看恩看仇、看敵看我、看血看火，讓山中的石塊也想脫胎變成炸彈，參天古木恨不得立即倒地成槍，可是他有那樣的手指。也就是那手指，把歌聲掛在峭壁上、繞在樹幹上、繡在流泉上，點化雞鳴狗吠，連風過林梢都是在奔走呼號。

「我們帶來救亡的火種」是他的作品，是他們劇團的團歌。「我們把烙痕放在人們心裡」，這一句歌詞中的「烙痕」就是一齣話劇的名字。這一小節四句，每句嵌著一個劇名，都是他們的拿手好戲。可是其餘三句是什麼？我怎麼也想不起來。

一定，句子還好好的放著，不是在我心裡，就是在你心裡。我找，你也找。

找那些把長街當銅管的日子，找那些把石板路當琴鍵的日子，找那些唱出一片海洋來、人在小舟中搖盪的日子，找那些音樂把指揮當樂器、指揮把我們當樂器、我們把小城當樂器的日子。

也請你替我找那在我們嗷嗷眾口之前用籐棒撥音符的人，我想念他手中的棒和握棒的手。在流亡途中，他指揮我們未晚投宿、雞鳴看天，一如指揮合唱。小村寧靜，家犬凶猛，窮人的狗可怕，因為牠們難得吃肉。他用指揮棒替我們打狗，他驅退一隻狗如同按下一個休止符。

「老師，莫非你指揮過叫化子？」我忘不了這句玩笑。

「我在大巴山裡打狼！」我忘不了他的嚴肅。

打狼！有一次，在進入一個小鎮之前，他把一群麻雀似的隊伍整理成雁陣，他帶領我們用最大的音量唱那支歌，我們要把鎮上的婦女兒童引出來看抗戰。可是鎮上靜寂如死，兩旁的門窗閉得蚌緊。如果不是頭上有天，這裡就是隧道。如果不是忽然有雀，這裡就是古墓。

忽然，前面的歌聲壓低了；忽然，只有二分之一的人在唱；忽然，只有四分之一的人在唱，只剩下他一個人的歌聲。

獨唱以細若游絲的一線，吊住七零八落的淅瀝，從恐懼的海洋裡撈起旋律，重新匯聚澎湃。歌聲，情緒，降到谷底又升到谷峰。

就在這時，我看見那隻手、走近那隻手，看見他用細長的、蒼白的手指捏住指揮棒，指揮棒向上一挑的時候，我看見電線桿上掛著一個鬚髮成餅、面目如粥的人頭。

他，文弱的他，疲倦的他，嚴肅的站在人頭底下，站在已乾的血跡之上，轉動手腕，把我們的視線抓在手中。然後，他揮動手臂，像是從什麼地方掏出音樂來，撒在我們頭上。他輕輕一指，我們都醒悟了，這才是應該高歌的時候，我們唱得那麼響、那麼狂，又像是陷入了迷醉。

就是那隻手，高舉著，揮舞著，守護我們的心靈，守護音樂，於是我們赳赳昂昂的穿過死街。

於是長街又活了，窗戶一扇一扇打開，窗框裡貼滿了婦女兒童的眼睛。

我懷念這隻手，這隻打狼的手，這隻指揮春雷的手。當這隻手把他的歌交給我們當作隊歌的時候，他的眼神好難形容，當初黃石公把他僅有的一本絕版書交給張良的時候，大概就露出這樣的眼神吧。如果張良把那本書弄丟了，如果張良把那本書的內容忘記了，成什麼話，成什麼話？

我怎可忘記那隻手、怎可忘記那首歌。請你仔細想那歌，想我脫漏了哪些句子。你要浪漫的想、豪放的想，打開潛意識，釋放一切牛鬼蛇神。請你尋覓合唱隊的倖存者，問他們還記得多少，斷簡殘篇，一句一句的湊，一字一字的補。

最後，找到他，找到教歌的人，告訴他，他的歌並沒有失傳。

寫下格言的漢子

人，一生的精力多半用來改正自己所犯的錯誤。請你給這句話打個分數好不好？當年，曾經，我們相向而坐，看我們能背誦多少警句，看你服膺的是不是我認同的，看我迷醉的是不是你欣賞的。我說：「我們愛聽黃鶯，因為我們不懂牠說什麼。」把分數寫在小紙片上，八十分，摶成團兒，丟給你，你也摶一個紙團兒，藏著六十分，丟給我。我們同時打開著，我們事先約定只是看，絕不辯論。「人人希望延長生命，所以相信有鬼。」你一面說、一面寫下九十，望著我，望著我的筆尖，而我望著你，自己竟不知道寫了多少。我們認識懸殊，可是我們從未辯論。

我們在十六歲的時候可以不辯論，到了六十歲還要辯論嗎？我們同在一個屋頂之下不辯論，如今住在地球的兩邊還要辯論嗎？我們共同讀一本書的時候不辯論，我們分開讀兩本書還要辯論嗎？「真理愈辯愈明」，你給這句話打過零分！一見辯論二字，我好累、好怕、好虛無，我們延長那個約定，依然不辯，任他夜鶯啼弄、鬼魅喜人！

「人，一生的精力多半用來改正自己所犯的錯誤。」由零分到一百分，任你，我不打分數、不參加意見。如果你也喜歡這句話，如果你也給了它高分，那麼，我要託你，鄭重託你，替我尋訪當初說這句話的人。我不知那人在哪裡。我只知道他曾經在冰裡雪裡、血裡火裡、生裡死裡、一場噩夢裡。

冰裡雪裡！我是因為冰雪才認識他的。一切都不必細說了，那年老天用冰雪收人，先把地球挖走，換上一團雪，再把蒼天抽掉，鋪上一層冰，左右四方也都雪漆了、冰鍍了，冷冷的望著我們一小撮蒼生游動，等我們肉體結冰、靈魂出竅。那有山，那有水，那有大豆，那有高粱，那有使命，那有歸宿。只有雪，只有白，只有死走，只有走死。

極冷是在砲火停止之後，空寂也能凜然生寒。冠者五、六人，童子六、七人，因為腿短，所以雪深。雪是一場末日審判，人人只顧自己，嗤，嗤，同類從我們身旁越過，撕裂了所有的共同。他們走遠，消失，永不再逢，像是從地平線跳下去，落進另一個星球。吸入的都冷，吐出的都熱，冷熱對流，等熱散盡，等吐出來的也冷。書本欺人，說三才以人為大，這樣的冷，天受得了，地受得了，人受不了。天地冷成一個透明的渾沌，等盤古來敲破，而盤古不來。天等著收魂，地等著收屍，天覆地載中，人自大自殺。漫天是雪，雪花大如手掌，飄成漫天訃聞。

冷，冷是一種毒氣。冷是一種銷蝕水。冷蝕透皮衣，冷蝕透棉衣，再蝕透毛線衣、襯衫、內衣，向毛細管衝刺。咬著牙想，想六月的熱鍋，想地獄之火，想鑽進別人的血管，想爆一個原子彈做熱炕。動員一切的熱堵住毛孔，與寒氣反覆搏殺，斷斷續續放些冷屁，好像屁也圍住肛門結冰。把牙關咬緊、咬緊，把寒冷咬住、咬死；把唇齒咬成一副冰雕。

咬緊牙想今夜會躺成什麼樣的姿勢。一切不是都凍結了嗎？宗救凍結，不見上帝；情感凍結，不見朋友；責任凍結，不見長官。我的腦髓也凍結了吧，我覺得我在縮小，我的衣服是驚人的寬鬆，我似乎是從帳篷裡伸出頭來四面觀看，忽然覺得這樣沒命的掙扎前進是不必要的，我迷迷糊糊的打算留在帳篷裡。工夫不大，我比同伴們落後了一大段距離。

就在這時，一個大漢向我們大步急奔而來，他踢起積雪，踢成一串雲煙，使我幾乎以為他騎著白馬。很快，他追上我們、超越我們，然後，他放慢腳步，等我們越過他。兩度交會，他仔細看我們，看這歪歪斜斜點點滴滴大孩子、小大人。他用厚帽、寬領、長靴和口罩把自己遮嚴了，不消說還有手套，看上去三分像人、七分像一棟移動的建築。但是，從風鏡後面，我看見他大而溫和的眼睛。出乎意料，他一把拉住我，向上提，往前拖，我立時在雪海裡、雪塵上如游似飛起來。

我不能相信這是真的。據說，人在快要凍死的時候會有各種稱心如意的幻覺，我幾乎以為我是那樣了。他把我們這一小夥人帶進一個小酒館裡，不准任何人瑟縮著烤火，他自己遠離火盆，脫掉外衣，大把抓雪，用雪摩擦皮膚，勒令我們照著做。由腳到大腿，由手背到肩，由臉到脖子，直擦到發熱發紅。見了他，我才知道「魁梧」是個什麼模樣，矮小的酒館似是為了映襯他的高大寬厚而設。他的臉皮粗糙，可是分布著一些白麻子，看上去相當柔和。直到現在，我述說這一段經過仍然帶著說夢的心情。咳，我夢見俯身撿拾那些掉在雪地裡閃亮閃亮的白麻子！

以後有一段日子我們跟他在一起。那次冒雪越野凍傷了許多人，腿部肌肉腐爛，情況相當可怕。還有人——至少一千人——凍死了，身上只穿內衣，皮大衣、皮褲都丟在雪地上。是不是遇上了打劫？不是的，當地人說，人在快要凍死的時候會把衣服脫掉，他忽然覺得很熱。咳，悲慘，上帝怎麼開這種玩笑！不過上帝到底慈悲，他饒了我們，他派一個強人來赦了我們的死。

那人是我的英雄，我常常在他的前後左右望著他的眼色、他的手，可是他並不在意自己的形象。例如有一次，我滿心虔誠，問他怎不怕冷。他說，心裡有女人不會凍死，心裡有仇人也不會凍死，還有，做過虧心事的人也不會凍死。這三個條件他全有，雪怕他，他不怕雪。他指著我的鼻子，「這三樣哪，你全缺！雪欺負你，你要特別當心！」什麼話，這不是沒正經嗎！

有時候，他說起故事來也很迷人。難得的是他平時很沉默，沒見他和同事們談天，餐桌上多半終席不發一言。他的故事專為我們而說，聽來像童話。他說，在那個「最後一戰」裡，他們只剩下二十八個人。同事一向嘲笑他，說他臉上的麻子反光，敵人容易發現目標，誰也不願意和他並肩作戰，可是事到最後關頭，二十七個人死心塌地聽他指揮。二十八個人守一條戰壕，兵力是太單薄了，全賴他虛虛實實調度得宜。可是——

他的臉白了。那時天氣晴朗，平疇沃野，一望千里，使你疑心能看見彈道。好久沒有下雨了，大地乾燥，槍聲格外響亮。這時那時，一架旋風嬝嬝娜娜走著之字奔向戰壕、奔向槍巢，不知怎麼，一個人臥在血泊裡了。旋風在戰壕前沿徘徊，去而復來，並無鐘聲，捲起來的塵土也不夠堆個墳墓。

他的臉全沒血色，連白麻子也顯不出來了。這是怎麼回事，那裝了彈簧一般跳躍旋轉的塵柱，像是一具有人操縱的機件。其實那旋風很文雅，在他的眼前頭頂徘徊趦趄，彷彿帶些羞怯，可是只見二十幾個伙伴倒下一個又倒下一個。天下竟有此事！他說翻遍二十五史也沒見過。

他說，他這後半輩子一見到旋風就得哭。

你是怎麼走上戰場的呢，你原來幹哪一行？這個問題他裝作沒聽見。

秋天另外有秋天的故事。草木零落雁南飛，他站在大樹底下，想要承擔一樹的黃葉。他說，小時候，每年深秋，鄰家的樹葉總是飄到他家院子裡落下，他總是幫鄰家的女孩撿回去，所以落葉使他想家。他決定辭職不幹了。

走遍白山黑水，還是老家有意思。他記得小時候有個反對纏足的運動，不僅滿街標語，所有的男孩胸前還佩著一枚徽章，藍底白字「我不與小腳女子結婚」。鄰家那個女孩本來總是請他夜晚到廟後面捉蟋蟀，或者請他爬上電線桿取下斷線的風箏，徽章一掛起來，她就閉著口不理他了，有時迎面相遇，她總是突然脹紅了臉，低下頭，一小步一小步從他身旁走過，走得很慢，咳，她是纏著足的。你想，這般有情有味的事哪裡有？除了故鄉！這些話都是他說的。

「人，一生的精力多半用來改正自己所犯的錯誤。」那天，受老樹黃葉的逗引，他說出他對生命的結論。

他本來幹哪一行？他的第一個職業是在一家中學做軍訓教官。呵，我讀中學的時候沒遇見這麼好的教官。

有一天，當地駐軍的一個連長跑來找他，他們是換帖磕頭的好朋友。連長一看左右無人，隨手把房門關起來，上了閂，撲通一聲下了跪，汗珠子嘰哩咕碌滾過額頭，沒口的說：「今天我死定了，除非你救我！」

什麼話，但願同年同月同日死，老大哥有難，豈能坐視？你說吧，要怎麼辦咱們怎麼辦。好，千斤的擔子我擔了，立時集合學生，挑選二十個前排的高個兒交給你帶去，換上軍服，編進各排各班，應付一小時以後的點驗。一個連有二十個空缺，那還了得！連長槍斃三次還有餘辜。可是這二十個空缺要分給排長、特務長、營長、營附，他們待遇太低，還要分給團長、副團長、參謀主任，他們開支太大，輪到做連長的不過兩個空額罷了！天地良心，待遇低，開支大，當連長占全了，救人一命，除了人情，也合天理！

他緊跟著那二十個學生，跟到連裡，跟到排裡，跟到班上。學生入列，看著還真不是假的，軍訓教育沒失敗，——除了這些孩子在烈日下頭先出汗、臉皮透紅。這些孩子真嫩、真乖、真教人心疼，叫他做張得功他就做張得功，叫他做李得標就做李得標，一絲不苟。小小年紀就有機會造七層浮屠了，不容易！

點驗的場面十分壯觀，全團官兵集合在一起，遍野方陣井井，師長居高臨下，如坐天上，立正稍息憑號音，隊形變換由騎兵傳令。點驗官手執花名冊和紅藍鉛筆進入各連，連長站在全連第一名，照樣聽點。他，軍訓教官，遠遠站在下風口，扮演一個看熱鬧的閒人，豎起耳朵聽那響成一片、攪成一團的應點之聲，一隻手提著心，一隻手吊著膽，生怕他的學生背錯了臺詞。他那因朋友義氣而生的自滿自信終於膨脹起來。他相信一切平安無事。

咳，每一個老兵都可以作證，這個樣子的總點名哪有風調雨順的呢。那天到底出了事，出了一件大事，也可以說是個大笑話。那天師長入陣巡視列兵，後面跟著一串踢躂踢躂的馬靴，再後面是一群擠擠擦擦的盒子砲。走著走著，突然有人高聲喊道：「報告師長，我是×××，一九九師的參謀長！」師長停步注視，這人好面熟，一九九師參謀長？不錯，曾經一塊開過會、吃過飯。可是，你怎麼會在這裡？「報告師長，他們抓兵把我抓來了。」

這一下子全團炸了。師長青著臉問：哪個是連長？連長雙手握拳、兩肘平端、提左腿，跑到師長面前，墊步，立定，下面一個動作操典上沒有，他跪下了。可憐這連長哪，也為了應付總點名氣喘吁吁，他們看見有個人身體健壯，穿著和士兵一樣，動手便抓，沒問青紅皂白。師長慢沉沉的問：「軍人有這個姿勢嗎，你是什麼地方訓練出來的？」連長趕快站起來，兩腿直抖。師長望了望佩盒子砲的衛隊，「拉出去！」馬上一左一右，兩個人把連長挾住。師長又說：「立即執行！」就有第三個人上前把連長的軍帽摘掉，因為下一幕是肝腦塗地，不能沾污了帽徽。

多悲慘的故事啊，可是那時我們年紀小，沒心肝，抓兵抓來個參謀長，真好玩！聽得走神，反而把原來的話題忘記了，等到言歸正傳，我們才收其放心。且說那天點驗完畢，師長下令立即坐火車開上前線，點驗場就在車站附近，車頭車廂早有準備。人員魚貫登車，肅然無聲，連長，軍訓教官，這兄弟倆你望我、我望你，蒸氣從帽簷四周冒出來，前胸後背溼透。軍訓教官只覺得頭上有塊磨盤石，他告訴自己無論如何他得頂著。他挺直了脖子，他挺直了脊梁，他直挺挺的跟著進了車廂。

火車向著紅紅的太陽直撞進去。

連長說：「兄弟，是我對不起你，來生報答吧。」

「不用，我也從軍，你把我補上。」

他做了排長，親自照顧那些學生。從此，萬里長征人未還。從此，舊業都隨征戰盡。從此，長安不見使人愁。

直到他的學生都有了風霜之色，各奔前程。

直到他轉戰四方、順手收容的孤兒也能喝辛辣的酒。

直到他有一天覺自己也是一片黃葉……

他一直說到地上的落葉增加了許多，樹上的黃葉卻不見減少。

最後他說：「賈大元是我的親戚，他唱的武家坡回窯有一句是水流千遭歸大海。我要回去看看那小腳女子嫁了沒有，——把她娶過來，給她放腳。」

我想念這個人。我不僅是感謝他，我喜歡他。「水流千遭歸大海」，請你到海裡把他撈出來。「貫大元是我的親戚」，這個線索應該夠用，貫大元是名鬚生，圖書館裡有他的傳記。讓我有個機會幫助他修補被槍砲震碎了的人生。替我問候那小腳女子。

眼科診所和眼睛

眼科醫師的眼睛該是什麼樣子？清澈？溫和？安定？明朗？他們的工作是眼睛對眼睛，擦亮天下人的靈魂，我想他們的眼睛很美，美得使人想替它們配一個畫框。

然而，我是閉著眼睛走進那個眼科診所，又在暗夜離開的。那年砲火很凶猛。那年我的世界碎成瓦礫。那年我的兩隻眼睛都因為腫脹而密封起來。我摸索腳下的坎坷。瓦片不能變成家信。瓦片不能變成車票。瓦片不能變成紗布和消炎藥膏。瓦片相互傾軋，發出骨折般的響聲。瓦片絆倒了我，爬起來，眼更腫、更痛了。

我想起附近的一個小城。我想起那個經常稱頌耶穌之名的醫生。那時——比「那年」稍早——砲聲雖遠，傷兵卻近。傷兵結隊而過，把硝煙的氣味、潰爛的氣味留在空氣裡。那臨街而設的眼科診所，忽然門前搭起天篷，搬出大量的紗布繃帶和外科急救的藥品，還有一捆一捆的竹竿、一桶一桶的開水。傷兵過境，就在篷下喝水、換藥，臨走抽一根竹竿當枴杖。自然，那位眼科醫師沒收過一文錢。不知是上帝特別愛他，還是要格外折磨他，那一陣子小城居民的眼睛特別健康，於是他就全心全意客串起外科軍醫來了。

如果那診所也變成瓦礫，我想我會變成瞎子。我赤手空拳，瓦片也不能變成手杖。沒有手杖的瞎子才是真正的瞎子，那一瞬間，我覺得人生真是太空虛了。一路摸索，那天才知道手臂加手指究竟有多長。終於，我摸到了牆壁門窗。終於，我聽到鑼鼓。砲聲不是才停嗎，怎麼就有鑼鼓響起來了？大鑼大鼓從我身旁擦過，我從門上窗上摸到音波。突然紅光一閃，劈臉就是一記，接著是顏料的香味撲鼻，不是巴掌，是風飄大旗。遊行？真不巧，豈不是讓全城的人都看見了？

診所還在。醫師還在。我摸到醫師的手，這是好久好久沒有摸到的溫暖與柔軟，有熱淚外衝，衝開了眼皮，隱約見光，這是一個吉兆。可是到了晚上，我向床頭伸手一摸，卻摸到盲人用的一本點字聖經。兩者之間，我問醫生病情如何，他的回答是「多禱告，信靠神」。神！神無所不在，在希望中也在絕望中，在勝算裡也在敗象裡。大廈落成，你讚美上帝；大廈將傾，你不是也交給上帝去負責嗎？神！神究竟為我安排些什麼？

我什麼也不能做。我實在需要做點什麼。我伸手去撫摩那本點字，正襟危坐而全神貫注。凸凸凹凹的小圓點，一個一個，一叢一叢，順著指尖流進我的心。這些蠶卵一樣的文字也能孵化嗎？能，我把它孵成進行曲，一個圓點是一個音符，合譜成衝鋒廝殺。在我的體內，藥物正與細菌作戰，為了縮短治療的時間，醫生用藥猛，所以戰況慘烈。病菌為了活命，必須殺人；人為了活命，必須殺菌，沒有和解，沒有和談，沒有和平，只有戰爭或備戰。唉，如果可能，我情願把一條臂割讓給病菌，然後全身的器官肢體永遠健康。如果可能，我贊成世上三分之一的人永遠生病、三分之二的人永遠無病。如果可能，那就讓這一個世紀的人全病、下一個世紀的人全好。

那些蠶子一樣的東西每天孵化、蠕動、流失，然後孵出第二波，一如幼蠶。有時孵化成史，謎一樣的歷史，回文詩一樣的歷史。有時孵化成禪，並無現在，此刻恍如來生，即是隔世。有時孵化成風，風無形，惹是生非證明自己存在；風無家，見縫鑽入又被擠出。有時孵化成井，我坐在井底，雲動井搖，搖搖晃晃載著我潛地而行，行至楚尾吳頭，頭上一輪黃月恰似瓶塞正要堵住井口。有時孵化成當初過境的老兵，他對醫生說：「我只剩下七個指頭一隻耳朵，別的什麼都沒有了。」醫生說：「你頭上有天、天上有神。」

下一波湧出來的是命理。我替自己算命：變囚，變殘，變賤，還是變英雄？我替喇叭替鼓算命：喇叭何時知道自己是喇叭，鼓何時知道自己不是雷？我替蝨子算命：蝨子何必那般貪吃，糧倉就在嘴邊，吃！交配繁殖不知大禍臨頭。樓什麼時候能折腰，不使人墜樓而死？樓能折腰，井能吶喊，河能反彈，火能禁足，刀能含羞，子彈有思想，安眠藥會罷工，要少死多少人，多少人的命運要改變、要重寫。

就這樣，我每天用心讀那些點字，殺時間，殺菌，等眼瞼變薄變輕、鞏膜變白變潤、睫毛變直變清潔、眼波變滿變流動。某天深夜，醫生對我說走吧，我送你上火車。我說醫生，我的眼還沒好呢，他說可以了，只要按時點眼藥，平時閉著眼睛。我跟他踉蹌從站長室進入月臺，由月臺進入長長的列車，車廂裡擠滿了人，全是男人，前胸貼後背，左肩擦右肩。我好容易擠進去，用一條腿站著，另一條腿沒有辦法找到空隙腳踏實地。同船過渡是前生注定的緣分，但我至今不知道這些奇異的乘客是何等樣人；不知他們從何處來、往何處去；不知他們以後窮通榮辱、生老病死；也不知又曾幾度重逢、相見不識。

自那以後，我對眼科醫師有特別的感情。我發現，眼科醫師的眼睛特別有光采、有神韻、有親和力。心臟科醫師未必有一副好心，眼科醫師卻都有一雙好眼。對他們的眼，上帝特別多費了一些愛心和匠心。他們的眼是江中的灕江、池中的天池、湖中的西湖。當年對我施醫的那位大夫也該如此吧？他的眼到底什麼樣子？我卻茫然。

這就更使我想念他。我常常把一雙一雙的好眼睛配裝在他的臉上，總不是天造地設、妥當匀稱。請你替我找他。你不必寄給我六安的茶或秦俑的複製品，我只要他的一張照片。

聽說那小城高了不少，也肥了不少。我們的良醫當然也龍鍾了不少，玻璃體也渾濁了不少。我仍然要尋他訪他，想知道他的晚景是否安康、子女是否成器。「積善之家，必有餘慶」，我們來檢驗這句格言。

最後一首詩

長江給我的印象是，偉大得使人想滅頂。

一切偉大都誘人設想生命突然結束了也好，登上摩天大廈想往下跳，見了金字塔想往裡鑽，進了群山萬壑想失蹤，在拿破崙或成吉思汗麾下想赴湯蹈火、馬革裹屍。

長江長。長江的水熱，江岸的樹多。人群是另一種水。那年人如潮、江如堤，人在江岸受阻，上游走走，下游走走，似乎想找個池沼。有人終於過了江，有人望著江水出了半天神又折回去，有人——有許多人——在江岸上找一塊樹蔭坐下了，也許入夜就睡在那裡。

那是盛夏，樹下是人，樹上是蟬。樹身貼滿了白紙招貼，「武兒，在此等我，切勿離開，我一週內必來找你，不見不散。」「二弟，我先過江去了，望隨後趕來。」「火速過江，不必等我。」以及「弟決意北返矣，兄自珍重」之類，等等。蟬的喊叫使人靜默，使那些招貼虎虎有生氣，好像每張招貼就是一隻蟬。

在那裡，我認識了一個人。每天午後，他從林後的村子裡出來，左手一把錫打的酒壺，右手拄著一根長管的旱菸袋，每走幾步，就對著壺嘴抿一口酒，人未到，熱烘烘的糟氣先散開了。頭髮長得披在肩上，像女人；鬍子蓋住了嘴，像戲臺上的古人；論氣候，那件對襟夾襖實在太厚了，於是解開所有的釦子，袒胸露腹，像個無賴漢；腳下一雙布鞋權當拖鞋穿，踢踢踏踏響，像個老學究。

這人喝冬季的燒酒、披明朝的散髮、穿春季的夾衣，是什麼人？奇怪，他分明落難，卻有兩個漢子做他的跟班，一個扛著小方桌，一個挾著小板凳，拿著紙筆墨盒。大路旁，樹底下，擺好了，那人低眉垂目而坐，從自己口袋裡掏出三個制錢來。他是個算卦的。

卦攤前面擠滿了人。人，有時候也很關心別人的命運，自己不占卦，看看人家。命運化身六爻，六爻化身六親，六親生剋，禍福所倚。卜者一手畫寫、一手掐算，口中念念有詞。兩個跟班的輪流收錢，錢裝進自己的口袋，卜者顯然很窮困，但並不關心收入，他只要壺中有酒。中午，賣包子的來了，他不吃包子，叫人去打酒，兩個跟班的一同去了，他們也不吃包子，趁打酒之便下小館去。

除了酒，賣卜者只記得那三枚制錢，萬曆通寶算是古錢了，好像有人說錢越古卦越靈？這樣輪廓完好的古錢，還有那綠玉菸嘴，還有他那白皙的臉，在飲酒中略透紅潤的臉，與長髮亂鬚自相掩映，幾曾在賣卜者流那裡見過？下午有一老漢問卜，錢也付了，六爻也搖出來了，說自己馬上要過江了。賣卜者啪的一聲放下毛筆，「卜以決疑，不疑何卜？老鄉，卦錢退回！」兩個隨從齊聲答應，手卻捂緊了口袋，老漢愣了一會兒，靦腆而去。你看，這麼一對比，這賣卜者是不是很有風格？

據說他斷卦很靈。據說他對一個尋妻的男子說：「西北有個村子，地勢很高，村頭有口井，很深，你守在井邊等她吧。」據說那男子很聽話，到那村子一住十天，除了一天兩餐，寸步不離井邊，可是就在他去找飯吃的那一刻工夫，一個婦人來投井，撈上來一看，正是他太太。

據說有個男子來占卦，問怎樣找得到他的哥哥。這賣卜的人咬著菸袋嘴模糊不清的說：「你沒有哥哥。」怎會？我怎會沒有哥哥？老家方圓百里誰不知道我們同胞弟兄？可是，「照卦象看，你沒有哥哥。」那人昂然說：「等我找到了哥哥，我們兩弟兄來砸爛你的卦攤子。」據說，那人折回去順著原路仔細打聽，幾天以後聽到噩耗，他哥已經死了。

據說……

有人恭維他是活神仙。他黯然咂口酒，「神仙又怎樣，還不是沒有用，一點用也沒有！」弄得人家怪沒趣的。

沒事的時候，他像個煙火神仙一般坐著，咂一口酒，吸口菸，把煙噴出來，緊接著射出一股口水，射得很遠。我很詫異的望著他，不知他何以要同時做這三件事情。敢情他也在觀察我？他的話嚇了我一跳。

「念過書沒有？」
念過一點。
「念過我的詩沒有？」
這個，自然是沒有。我根本不知道他寫詩。
「要念過我的詩才算讀書。」他曼聲長吟。

唐代離宮隋代堤
朝陽紅到夕陽西

這是什麼？
這是柳樹，我家的柳樹。我家有一百多棵老柳。……
我等他念下去，他卻只顧喝酒、抽菸、吐口水。然後，

尚有清狂左傳癖

未登神妙右軍堂

這是？

我的自傳。一共四十首七律。四十歲了嗎。明天我寫下來教你念。

真驚人，四十首七律，他要是教我背，我怎背得出來？——還好，他說過就忘了，沒有再提。

蟬是一直在斷斷續續的叫著。這時一陣熱風挾著熱塵穿過，林間的蟬似乎受到某一種暗示，一起狂亂的喊個不停。那聲勢，叫得樹都瘋了。

他轉過頭去聽。蟬叫有什麼好聽？難為牠們身子那麼小，音量卻大。如果人也有這個樣子的發音器官，我是說按照體積和音量的比例計算，做父親的就容易找到子女、失散了的同胞手足也容易重聚了。有那麼一個人，一條大漢，入林來讀樹上的招貼，一棵樹挨一棵樹，如讀碑文。他忽然轉身狂叫起來，他讀到了要找的人，那張嶄新的招貼還往下滴漿糊呢。他在林中疾走，滿頭是汗，可是他喊不過那些蟬，那些蟬聯合起來壓制他阻撓他破壞他，枉他堂堂一表、凜凜一軀也敵不過鬥不贏。唉，如果他能立時就地變成一隻大蟬——

「你知道蟬為什麼叫？」

不知道。

「你沒讀過我的詩，當然不知道。蟬是冤魂化成的，叫，是在喊冤。」

他這麼一說，蟬的叫聲是有幾分邪氣。那些裹了白色招貼的樹，突然像是披麻戴孝、放聲哀號。這個人哪，肚子裡還真有學問。

您貴姓？

我姓曲，叫曲園。

曲先生，您的學問真大！我想起俞曲園。

這倒是真的，我很有學問，學問很大。這人好大的口氣！幸而下面還有一句：淨是沒用的學問。

樹林裡出現了幾個孩子，長胳臂長腿的領先，拿一根竹竿，穿開襠褲的跟在後面，抹著鼻涕。

我知道他們來做什麼，用他們靈敏的耳朵，聽哪一隻蟬喊得最亮；用他們明亮的眼睛，找出那蟬攀附的枝椏；用他們全身的活潑爬樹，舉起竹竿，碰觸蟬身，那蟬不知道竿頭塗滿了漿糊，牠憑著本能振動翅膀，牠那薄到透明的翅膀立刻黏合、立刻臃腫、立刻泥濘，牠就掛在自己的翅上，翅掛在竹竿上，竹竿縮進簡單的計謀裡，或者像一枚石子墜地有聲，再落入黑暗的袋中。

蟬在袋中還能悶悶的呻吟，但活不多久。全部過程分毫不差。我做過同樣的事情，那賣卜者在他家的老柳樹下大概也做過。

他怔怔的看那棵沉寂了的樹，忘了噴煙吸酒。他在想他的童年嗎？

不是。他對我說：

負屈含冤的人是不能叫喊的，你看，這就是喊冤的下場。

他的名字並不是曲園。一天夜晚，江防部隊的一個班長來到我們寄宿的村子裡，手裡揚著一張字條，問大家「認不認得這個人？這是他自己寫下來的名字」。我接過來一看，上面兩個大字「屈原」。

屈原，曲園；曲園，屈原。原來如此！這人是不是很髒、頭髮很長，提著酒壺？是的，那麼，我認識他。班長目光掃視，希望能再找出一個人來，他需要一個老成持重的中年人，可是除了我，別人都往自己的殼裡縮。

我跟班長去他們隊部，一路月明如晝。班長告訴我，那個名叫屈原的人夜晚沿江亂走，指手畫腳，念念有詞，好像在發什麼信號；哨兵搜他的口袋，搜出三個制錢來，好像是某種暗記；帶回隊部一問，又好像是個瘋子。

隊部的軍官見我半大不小，有些失望，既然別人都不肯出頭，只有以聊勝於無的神情對我說：「我們知道他沒有問題，可是照規定得有一個人保他出去。你這保人年紀小了一點，不過也沒有關係，這只是一道手續。」我糊里糊塗的蓋了保。軍官叮囑，「人就交給你了，你可別讓他掉進江裡餵了魚哦！」

出了隊部，我說：「屈先生，方向不對。」他說：「沒錯，我再去看看江。」剛才不是看過了嗎，他說剛才沒有看夠。

我跟在後面。月光下，前浪後浪，使勁的搓洗，洗月洗樹，洗三分之一的中國。江面上銀蛇跳躍，他很興奮，指著江面說：「看見了沒有？波浪上有字。」銀蛇也在他凸出來的眼球上跳動。

什麼字？誰認識這些字？

他說：「天機！天機！」

他一面看江、一面快走，鞋子從腳上掉下來再穿上。走著走著，銀蛇消失，在沉沉的江水中，那輪明月分外清楚，比天上的月還新還亮，彷彿這一江滔滔就是為了磨洗這月，從上游洗到下游，彷彿洗下來的鏽和灰塵把這一江水弄渾了。他指著水中的月沉吟。

看見了沒有？這是天眼。

我看像一條魚的魚眼，可以挖出來玩。

哪有這麼長的魚？

又哪有這麼窄的天？

天地有時候很窄、很窄！他吁了一口氣。

這時，江水忽然嘩啦嘩啦響起來。倘若江邊只有我一個人，我會嚇得回頭跑。

天起了涼風，他說這不干風的事。每逢上游有人痛哭，眼淚落在水裡，下游的水就喧嘩。他說。

你什麼事都知道！

都是沒有用的學問。

我們橫著看江。他一轉身，看江的上流，逆水行舟的方向。這可不得了，江水湧到我們腳下，我幾乎站不住，要跪，要仆。在渾沌的宇宙中，地球在發熱，有什麼從江底下孵出來，地殼要沿著這條縫裂開。

很巧合，他在這時問我：

「地球有一天要爆炸的，是吧？」

我也聽人這麼說過。

「如果地球炸碎了，破片落下來，究竟落到什麼地方去？」他揮動旱菸袋的長桿指天畫圓。「往下落，往下落，一直往下落，究竟哪裡是個了局？」

我說，天文學應該有答案。

「天文學有什麼用！」

忽然有了秋意。敞露胸膛的他，打了個噴嚏。他忽然面對江流，朗吟起來，聲音比他的噴嚏還響。

中央公路
天河漏
我是為命
你何故？

這算什麼？他又打了個噴嚏。我說回去吧？他不理我，繼續朗誦給水中的月聽，非常激昂。

鯨魚彩尾

偷喝油
擺在渾水
搓和洗

這又是什麼話？難道他真的瘋了嗎？我堅持該回去了，再不回去，得了感冒怎麼辦。

今天晚上，只有你這句話有用。他認為。

我替他拿著菸袋。他把手伸入袋中，摸索了一陣。我想他是在玩味他的古錢。他向著明月，伸開手掌，三枚古錢排開，在月下顯出清楚的輪廓、堅韌的個性。他把手握緊，再伸開，古錢翻了個兒，歷劫不磨，古意盎然。

然後，他一揚手，三枚銅錢飛向江心，看不見落點，也幾乎聽不見那蟹眼似的聲音。錢如飛雪，溶入。

這是為什麼！

走吧，我們回去。走了一段路之後，他接著說，當你第一次看見井中有月，你就該知道世上沒有奇怪的事情。

奇怪，難道他真是活神仙？第二天，一陣風雨，吹破了樹上的招貼，吹散了樹下的人群，吹啞了蟬，吹冷了江。也吹來一陣兵革殺伐之音。

人群擠在大風中等渡船，不見那個卜者。有人對他同伴說，這江是數一數二的名勝，我還沒好好的看它一眼呢！他的同伴說，看什麼！搬也搬不動，扛也扛不走。

看江去！說不定遇見那卜者。也是注定我們還有一面之緣，遠處，他緊挨著江水走，擠那江，把江擠彎了，把右腳的鞋子擠溼了。一陣狂風從對岸吹過來推他，怎麼也推不開。旱菸袋還在手裡當杖用，酒壺卻不見了。我忽然有個想法：他怎麼可以沒有酒壺！沒有酒壺怎麼活下去！

走了一程，他轉回頭來，換個方向，用左肩擠那條大江，這回連左腳的鞋子也溼了。江是不會讓步的，他似乎也不會。

我回身虛指一下：碼頭在那邊！我以為他在找船。

他定睛看我，用考試的語氣問：

我是誰？

對啦！他是誰？

你不姓屈，對不對？

老天對屈原不錯，讓他姓屈。屈原要是不姓屈，那就沒意思了。

我白白頂個屈字，屈原，沒有粽子，也沒有端午。

他說：可惜我那些詩……

我只好去擠渡船。過江縱情看江，風高浪急，前浪急於擺脫後浪，整條江急於擺脫大地。春江如油，夏江如綢，秋江如酒，冬江呢？晝江如軍，夜江如魂，雨江如琴，雪江呢？我不忍想像披一件夾衣，露著胸膛皮肉，如何過冬。我在江上已覺得有髓無骨、有血無管。江中滿月，蒼天獨眼；江中滿星，蒼天複眼，天看江江望天，看到的也僅是自己。

許多年後，我讀〈天問〉，發現，

中央共牧

后何怒
蜂蛾微命
力何固
驚女采薇
鹿何祐
北至回水
萃何喜

是了，那夜月下，那賣卜者臨江朗讀的，原來是這個！

是的，沒用的學問！

我不是找人，我不找他，我知道他在哪裡。我仔仔細細的思念他，是因為你來信提到有用的知識和沒用的知識，這層意思他早說到。你們一老一少、一男一女、一個革命一個逃亡、一個念天問一個念資本論，竟有如此共同的認識！

積累知識原也艱難辛苦。知識的金字塔，可能在一張標語之後、一陣鑼鼓之後，立即化為垃圾。這時我們心中都有一隻蟬，或一隻鬚眉畢現的透明的蟬蛻，這時我們就需要拯救。舊時月色，如對前世，可惜少個賣湯的孟婆……

那個二十年，我經常隔著海峽聽鑼聽鼓、聽風聽雨，想政治運動如江水洗你搓你。早起，花上有露，露上有朝曦，朝曦中有窗，窗下有長髮，髮下有肩，肩下有臂，臂下有指尖。你用左手剪右手的指甲，再用右手剪左手的指甲。老一輩常說，每天掌燈以後不可修剪指甲，人的靈魂藏在指甲縫裡休息度夜。你總是任性，獨行其是，令我提心吊膽。你的靈魂究竟在哪一個指甲縫裡寄宿？會不會被剪刀弄得成殘成傷？它夠不夠敏捷、有沒有先見、能不能及時閃變騰挪，躲鋒躲刃躲梳躲篦，躲過一劫又劫？看你剪下來的月牙兒般的指甲、花瓣兒般的指甲，我夢見靈魂的殘肢。直到第二天早晨，再見你完整如旭日、健康如朝暉，才悄悄放心。

這就是我在鑼聲鼓聲中的反覆祈禱。

你也許認為我該剪去無用的知識，如同剪掉過長的指甲。
可是，如何才不至於剪斷我的靈魂？誰來替我斷這一卦？

夢，哪一個是真的

我沿著小河喊你。這是哪一年的事情？你把一片草葉彎過來做船，輕輕下水，看它緩緩航去、翻覆，或是失蹤。一件又一件，你替平靜而寂寞的河面增添事故。我沿岸替你找合用的草葉，驀回首你已不在岸邊。這是哪一年的事情了？我沿著河岸喊你，在回去的路上喊你，由大門外喊到門內，由前院喊到後院。我相信未沉的草葉船、未眠的螻蛄、未謝的夫妻花，都聽見我喊。沒有回應。不知為什麼有些恐慌。一腳踏進書房，裡面有個人，可不就是你？你坐在椅子上看蘇雪林的〈棘心〉，一臉儼然。你就在書房裡面，裡面靜得像太古。這是你嗎，裡面這氣定神閒的人是你嗎，怎會聽不見我的呼喊？回頭望院中，風在方磚上撒灰塵，小草在兩磚之間擠窄門，牆角的叢竹越長越黃，學著做偽君子。院子裡並沒有我的喊聲。我到底喊過沒有？

今天我又有同樣的疑惑，歷史絕不重演，但是人的感覺往往相似。我想找人，我有許多人要找，我把許多許多事情告訴了你。我是傾心吐腑的寫、字斟句酌的寫、漫天鋪地的寫，寫給你看。可是，你怎的不置一詞？你豈可置若罔聞？那些有關找人的事，我到底寫了還是根本沒寫？

今天想起很多恍惚，世事恍惚如風中火焰。又是哪一年？日本兵要來，大家逃難，我抱著一本書，硬面精裝，沉沉如磚如石。人人說帶書做什麼？我死也不肯鬆手。你常常看那本書，每隔幾頁就微笑一次，書闔起來，微笑就夾在裡面了。那是哪一年的事了？我還小，帶著那麼厚的一本書嫌重了，太重，只好把封面撕掉，太重，只好再把目錄撕掉。一路撕，越撕越薄，撕下來的書頁隨風飄散，不似落花，不似落葉，不似風箏，不似蝴蝶，像甩掉了我自己一隻手。最後剩下兩百多頁，我怎麼也不肯再撕，這一部分你最愛看，你留在裡面的微笑最多。可是，這最後留下來的精華，後來又怎麼樣了呢？記憶真的那麼可靠嗎？

不，記憶還有另外的版本。彷彿是，事情並不順利，有人鐵青著臉跑過來說，要是風把書頁送到日本兵手裡那可怎好？要是日本兵把它當作抗戰的傳單，放出騎兵來大肆搜索，那還得了？不管這上面印的是什麼，白紙黑字總是禍根。這玩意兒一定得燒掉！全體色變，立即有人掏出火石火鐮。說起來那年月火柴也普遍了，何至於還用這古老的法子取火呢？再三尋思，依然清楚，乾燥的紙媒在熱空氣中一沾就著了。烈日下看火，火無色，灰隨風飛，熱地上沒有焦痕。抬眼望去，那樣堅硬的路，蹄痕轍跡全沒有，一直伸向遠山，山是稀薄透明。千真萬確，一切歷歷在目。

那天夜裡在井旁宿夜，夢見我把那本書藏到井底下去了。雖然一頁也沒撕，仍嫌不夠沉重，特地拴上一塊石頭，石頭還有孔有竅、有皴有苔的，很可愛。多少因循、多少苦悶、多少徘徊換幾個真善美。他日重過此井，書是撈不起來了，喝幾口井水再走吧。多少犧牲、多少埋沒、多少殘毀剩幾個真善美。井裡多了書香，喝水的人有了靈感，明月照見井底的詩，泉水通往汨羅江的鬼。雜亂無章，一夜碎夢。

有一天，我忽然告訴自己：恐怕錯了，那本書好像並沒有燒掉，你確確實實把它投進井裡去了，而燒書乃是一夢。於是記憶馬上重組，我投書入井的時候惟恐村人聽見聲響，伏在井口向著井底盡量伸長兩隻胳臂，幾乎連身體也墜落下去，難道是夢？鬆了手，屏住呼吸聽，又覺得下墜擊水的聲音太小，不能掩住我的心跳，怎會是夢？事後看井水，全井黑亮，好像所有的文字已還原成墨汁，這好像是夢了，難道由於這個緣故，全部經過才錯綜成夢？

仔細想想，好像投進井裡比較可靠，用火石火鐮取火燒一本硬面燙金的精裝書不合理、說不通。可是，怎麼又有個印象，那次逃難結束回到家中，我還讀那本書？逃難途中有人說，日本軍隊派人到每一個村莊去，朝井裡丟個藥包，使中國人全都病倒床上不能抗戰，你千萬不要引起村人的誤會。這話到底對我發生了多大作用？

不錯，回到家裡，我還在翻閱那本書，書上說，有個人從戰場上歸來，一條腿被砲彈炸飛了，他後來一直思念原來穿在腳上的那隻靴子，因為靴子裡藏著他的錢。不想腿想靴子？太諷刺了吧！這時我抬起眼來，正好看見一個獨腿的人坐在對街曬太陽，我嚇了一跳，難道他是從書本裡走出去的？這個印象太深刻了。他坐在那裡想什麼？倘若連靴子也沒有，或者雖曾有過靴子但無錢可藏，他還有什麼可想？哪一種人生較好？哪一種更壞？

也許，有關斷腿的一切，是我事過境遷、思鄉懷舊的一個夢。同樣一件事，內容斷續、因果矛盾的夢我做過很多，有些夢不免和事實混淆了，也把往事扭曲了。在那流亡途中，忘了名字的地方，一個同學蹲在河岸上大便，面向流水，豬聞香而來，從後面拱他，一下子把它拱進河裡去了，而今想想，這是真，還是夢呢？在那忘不了名字的地方，戰火燒掉半個村子，燒到一堵土牆旁邊，無緣無故熄滅了。火舌在那堵牆上又描又潑，儼然完成了一幅壁畫，村中的驚魂奔走相告，指出那是救火的觀音。咳，這是夢，還是真？

誰能指出哪個是夢？誰能斷定哪個是真？歷史密封太嚴太久，記憶發酵成醋成醬，而我皓首窮經研究把酒還原成葡萄。看樣子，對那些被死亡醃過的人，你是一點興趣也沒有了。這不像是你。這世界每一樣東西都像是另外一樣東西。人的白齒像雪。高空飛行的噴氣機像一枚敲進去的釘子。樹像鳥，鳥像墜石，石像腫瘤。新草如劍，新芽如嬰，新愁如未熟之酒，新怨如未馴之駒。燭光下如僅可容身的洞穴，立怕碰頭，坐怕傷膝；燭燄左撇右捺上挑如筆，寫人間不平。一行樹如一棵樹步步由清晰走入模糊。樣樣東西都像是另外一樣東西，組合如此無理，世界遂奇異起來。

我或者是在思念我那一去不返的靴子？你或者是那煙火模糊的觀音？

第三部
江流石轉

中國在我牆上

你用了三頁信紙談祖國山川，我花了一個上午的工夫讀中國全圖。中國在我眼底；中國在我牆上。山東仍然像駱駝頭，湖北仍然像青蛙，甘肅仍然像啞鈴，海南島仍然像鳥蛋。外蒙古這沉沉下垂的龐然大胃，把內蒙這條橫結腸壓彎了，把寧夏擠成一個梨核。經過鯨吞以後，中國早已不像秋海棠的葉子。第一個拿秋海棠的葉子做比喻的人是誰？他是不是貧血、胃酸過多、而且嚴重失眠？他使用的意象為什麼這樣纖弱？我從小就覺得這個比喻不吉利。我太迷信了嗎？

我花了整整一個上午。正看反看，橫看豎看，看疆界道路山脈河流，看五千年，看十億人。中國，蚌殼一樣的中國，漢瓦一樣的中國，電子線路版一樣的中國。中國供人玩賞、供人考證、供人通上電流任他顫抖叫喊。中國啊，你這起皺的老臉，流淚的苦臉，銷鏹水蝕過、紋身術污染過的臉啊，誰夠資格來替你看相，看你的天庭、印堂、溝洫、法令紋，為你斷未來一個世紀的休咎？咳，我實在有些迷信。

地圖是一種縮地術，也是一種障眼法。城市怎能是一個黑點，河流怎能是一根髮絲，湖泊怎會是淡淡的蛀痕，山嶽怎會是深色的水漬。太多的遮掩，太多的欺瞞。地圖使人驕傲，自以為與地球對等，於是膨脹自己、放大土地，把山墊高，把海挖深，儼然按圖施工的盤古。每一個黑點都放大、放大，放大到透明無色、天朗氣清，露出里巷門牌，讓尋人者一瞥看清。出了門才知道自己渺小，過一條馬路都心驚肉跳。這個上午我沉默，中國也沉默；我忙碌，中國穩坐不動，任我神遊，等我精疲力竭。

現在，在我眼前，中國是一幅畫。我在尋思我怎麼從畫中掉出來。一千年前有個預言家說，地是方的，你只要一直走、一直走，就會掉下去。哥倫布不能證實的，由我應驗了。看我走過的那些路！比例尺為證。披星戴月，忍飢耐餓，風打頭雨打臉，走得仙人掌的骨髓枯竭、太陽內出血、駝掌變薄。走在耕種前的醜陋裡、收穫後的零亂淒涼裡，追逐地平線如追逐公義，穿過夸父化成的樹林，林中無桃，暗數處女化成了多少噴泉，噴泉仰臉對天祈禱，天只給他幾片雲影。那些里程、那些里程呀，連接起來比赤道還長，可是沒發現好望角。一直走，一直走，走得汽車也得了心絞痛。

我實在太累、實在希望靜止，我羨慕深山裡的那些樹。走走走，即使重走一遍，童年也不可能在那一頭等我。走走走，還不是看冬換了動物、夏換了植物，看最後的玫瑰最先的菊花，聽最後的雁最先的紡織娘。四十年可以將人變鬼、將河變路、將芙蓉花變斷腸草。四十年一陣風過，斷線的風箏沿河而下，小成一粒砂子，使我的眼紅腫。水不為沉舟永遠蕩漾，漩渦合閉，真相沉埋，千帆駛過。我實在太累、太累。

說到樹，那天在公園裡我心中一動。蟒蛇一樣的根，鐵鑄石雕一樣的根，占領土地，豎立旗幟。樹不用尋根，它的根下入泉壤、上見青雲，樹即根，根即是樹。除非砍伐支解，花果飄零，軀幹進鋸木廠，殘枝堆在灶口。

那時根又從何尋起，即使尋到了根，根也難救。

我坐對那些樹，欣賞他們的自尊自信，很想問他們：生在這裡有抱怨沒有？想生在山頂和明月握手？想生在水邊看自己輪迴？討厭，還是喜歡樹上那一夥麻雀？討厭，還是喜歡樹下那盞燈？如何在此成苗？如何從牛蹄的甲縫裡活過來？何時學會壟斷陽光殺死閒草？何時學會高舉雙臂賄賂上帝？誰是你的祖先？誰是你的子孫？

湖邊還參差著老柳。這些柳，春天用它的嫩黃感動我，夏天用它的婀娜感動我，秋天用它的蕭條感動我。它們和當年那些令我想起你的髮絲來的垂柳同一族類。它們在這裡以足夠的時間完成自己，亭亭拂拂，如曳杖而行，如持笏而立，如傘如蓋，如泉如瀑，如鬟如髻，如煙如雨。老家的那些柳樹卻全變成一個個坑洞。它們只不過是柳樹罷了，樹中最柔和的，只不過藏幾隻烏鴉、潑一片濃蔭罷了！

你很難領會我的意思。我們都是人海的潛泳者，隔了一大段時間才冒出水面，誰也不知道對方在水底幹些什麼。在人們的猜疑編造聲中，我們都想憑一張藥方治對方的百病。我怎能為了到峨嵋山上看猴子而回去。泰山日出怎能治療懷鄉。假洋鬼子只稱道長城和故宮，一個真正的中國人，他的夢裡到底有些什麼？還剩下幾件？中國，偉大的中國，黃河九次改道的中國，包容世界第二大沙漠的中國，卻不肯給我母親一坏土。我不能以故鄉為墓，我沒有那麼大；我也不能說墳墓是一種奢侈品，我沒有那麼小。我哪有心情去看十三陵。

舊約裡面有一段話：生有時，死有時；聚有時，散有時。你看，我的確很迷信。

紅石榴

這裡有個離家四十年的華僑要回去看看，我問他最想看見什麼，他說：「啊，很多。比如說，小時候，日本打進來了，我家搬到鄉下。我記得村頭上有棵樹，樹底下有隻狗，每次經過樹旁，狗就跳起來向我狂吠。那是夏天，太陽能烤焦人的頭髮，狗也怕曬，張牙舞爪總不離開樹蔭，就像樹上有根繩子把牠拴住了。我常常撐把傘看牠表演，等牠累了丟東西餵牠。後來我們變成朋友，我坐在樹底下乘涼，牠睡在旁邊。後來我們搬走，狗跟在後面送，送了好幾里路還不回轉，我伸手拍牠，一身毛在烈日下滾熱燙手。我心裡好酸，那是我第一次知道什麼是辛酸。……現在，狗自然是沒有了，可是我一定得去看看那棵樹。」

我對他說但願那樹健在。我說這才是中國人，土生的中國人。我說我心裡也有一棵樹。這棵樹跟你有關，既然告訴了他，當然不該再瞞著你。

我家城外有座小山。我讀高小一年級的時候，全體高年級學生前往登山遠足。小學生能夠步行到達的地方應該不會太遠，小學生能夠攀登的山應該不高。不過那山的高度在我夢中年年增加，山一高，跟小城的距離自然也一年比一年拉遠了。「一片孤城萬仞山」，我還是能夠清清楚楚看見山頂上的一座廟、廟後面的一棵石榴。

山上多半有廟，廟後多半有樹，廟後種石榴卻不多見。說來迷離恍惚而又千真萬確，我登上山頂時全身大汗，卻見那樹傾身向陽，紅著臉等待奉獻。樹上僅有一個石榴，又紅又大，光彩奪目，給我的印象十分深刻，所以，後來我學成語「碩果僅存」的時候沒有絲毫困難。我搶步上前，以籃下接球的姿勢攫住它，那是我今生今世最敏捷的舉動。石榴藏在書包裡，等機會送給你。

這件事似乎艱難。不止一次，我的手伸進書包裡了，我抓牢那石榴了，我的臉也像石榴一樣紅了，話是衝到嘴邊了，僅此而已，一個轟轟烈烈的行為黯然夭折了。整個夏天這樣過去，終於，你到我家作客，一時興起，你翻看我的書包，我慌張攔阻，你靈巧的突破了我的防禦。你發現了我的收藏。這時，我才知道它瘦了、黃了，有的地方殘缺了，有的地方腐敗了。我的臉上有了另一種紅，心中充滿了疼惜。你呢，完全不知道我的感覺，既憐憫又不屑的說：「喲，怎麼留著個爛石榴！」甩手把它丟進了陽溝。

你結束了我一夏天的恍惚不安，留給我一秋一冬的怏怏。那樹印在我童年的底片上，停止生長也停止毀滅，青天靈明，任它振翅欲飛，任它降落尚未著地，濃綠四濺，帶幾點星星之火。那果，那僅存的碩果，在夢中大如新墳，無刀可切，無口可咬，千真萬確。年年有夢，山越來越高，人越來越小，隔著山，山那邊的地平線淹沒了你，山這邊的地平線塗掉了我。我仰起臉踮著腳尖還能看見那棵樹。

我暗想：如果那棵石榴還在……

那棵石榴樹進了大煉鋼的土高爐，無人能倒退還原。這個消息使我身上又少了幾磅中國血肉。唉，與其後來發許多文告，何如當初多留幾棵樹。

一棵樹，左右不過一棵樹。像蚌愛惜珠，像孕婦忘不了胎兒，英雄不屑，英雄不齒。我們不是線條銳利稜角清晰的人，不是搶到上游洗腳站在上風呼吸的人，也不是見人流血馬上找顯微鏡的人。我們難滿足。上帝打發黃巢離家上路只給他一把寶刀，上帝要使我們回家安居卻得藉水滸傳開張清單，「太平天子當中坐，清慎員四海分。……」談何容易！

有些樹是要被人遺忘的。有些人也是。人人感謝母親，幾人想到還有收生婆？山以虎靈，不以草靈。地方誌不為草立傳，對熊羆立傳，看虎熊踏草而無意見。我歷經七個國家，看五種文化、三種制度，到哪裡都一樣，因為人性一樣。我也必須忘記那些樹嗎？

這是一個換心的時代。我該有幾把心腸、幾套記憶呢？怎樣把不該記得的事情忘掉呢？既要熱愛，又要冷酷；既要刻骨銘心，又要健忘，我如何達到標準呢？有沒有一套課程、一種訓練，像瑜伽那樣，可以使我把事物倒過來看？有沒有一種機件，像電腦的軟體一樣，可以輕而易舉的完全否定昨日之我？

赤條條來，易；赤條條去，難。到死始知萬事空？倒也倒不空，挖也挖不空。找忘不了的那幾棵樹、幾個人、幾處地方、幾支歌、幾件事，之類等等，你就讓我記著吧，算我做夢，算我造謠，算我發高燒！

你不能只用一個比喻

你說，中國是我們的母親。不錯。這雖是別人畫的五線譜，但我喜歡你拉的提琴。中國是我們的母親，母親母親母親母親，調子傳到外面有變奏。昨晚有個朋友在我家說：「中國是我們的母親。」另一個朋友馬上接口，「你們看見了沒有？報上有文章，開頭是『中國是我們的母親，可是，周圍都是拿槍的父親』……」第三個朋友忽然仰天狂笑，笑得人人變色，問他笑什麼，他說痛快痛快，在外頭茹苦含辛，就是為了能夠聽到這樣痛快的笑話，就是為了聽見笑話你能痛痛快快的大笑。……。中國是我們的母親。聽了你的獨奏之後，我回想那在海灘上看天足、坐在防波堤上想中國的日子。母親母親，回想之中有回響。有人自問自答：中國大陸是我的母親嗎？我覺得大陸是我的父親，臺灣才是我的母親。大陸使我逃家，臺灣使我有家，美國使我成家。有人反問：中國是我的父親嗎？好像不是，美國是我的父親，中國是我的祖父。母親呢，母親是沒有的，哀哀，我們沒有母親，哀哀，大陸生我，臺灣育我，美國用我，沒有人愛我。……

母親。馬靴和馬靴之間空隙裡的母親。刺刀鞘和槍托分割的母親。把視線搓細壓扁擰彎，捕捉一手半臉幾綹頭髮拼圖成像的母親。母親千手千眼千乳，容十億人抓爬踐壓，天演律推動十億人口如陀螺起旋風將母親磨瘦。光天化日，流星下墜如雹，無色無光，母親睜大了眼睛也看不見。母親憂傷的望著一個考古學家，考古學家憂傷的望著半截殘碑，希望那斷掉失蹤的一半能生長出來。夜半那考古學家偶得一夢，夢見古墓裂開、死人坐起，琅琅背誦全部碑文。考古學家狂喜，因狂喜而心肌梗塞、而溘然長逝，夜盡壽盡，他考古的成就隨著死去。他的墓前也立著半截殘碑，千年後又添多少困惑。

中國是我的母親。可惜人心太複雜，你不能只有一個比喻、不能只下一個定義、不能只用一套形容詞。在這方面你也不可以設一言堂。我要告訴你一首歌，你從未聽過的一首歌，但願你能聽懂。你從未想到世上有這樣的歌，但願你能包容。

臺灣是我的家
大陸是我的夢
美國是我的戰場
何處是我的墳墓
……

可是有些人不這麼唱，他們把自己加進去。

臺灣是回不去的家
大陸是醒了的夢
美國是打不勝的戰場

……

有個人匆匆路過，聽到這首歌，驀然停止，昂然說：「對我而言，大陸是回不去的家，臺灣是醒了的夢。」又匆匆行去。

你看，這就是人，他們彼此不同，他們全體又與你不同。人人唱自己的歌，幾時我也能唱你的歌、你也能唱他的歌？幾時我們能為別人的心聲神往沉醉？這時代每一種歌只是一種咒語，別人不懂，也不希望別人能懂，更不希望也懂別人。人由上帝草創，人們互相增刪潤色，你畫我的皮，我畫你的皮，畫好了，恨不得嗤嗤撕碎。人在恨惡另一個人之前，幾曾想過他如何影響了那人、伸手參加塑造了那人、推動了那人？幾曾想過那可恨可惡的人摻有他的功德罪惡和形象？

所以，母親，我們需要母親如病需醫、如渴需飲、如疲倦需夢、如音樂需琴、如夜需星月、如計算機需電流。恕我直言，天地欠我母親，英雄還我母親。恕我直言，選美會不能醫治失戀，老人院不能彌補失怙。母親，母親，身為失蹤的遊子，這呼喚聲裡有我們的權利和尊嚴。你、萬萬不可以、認為這呼聲暴露了我們無可救藥的弱點。母親，我們共同的母親，我們在她膝下合唱新歌，你、萬萬不可以、認為網罟中已經有了獵物。可憐的母親哪！你可以使我心痛，不要使我心碎；可以使我失望，不要使我絕望。

今夜星稀，萬戶沉沉而天線獨醒、電波如梭，編織戰爭與和平。我們分別禮拜、共同祈禱，為神話而努力，向預言負責。我們為預言吃苦、向神話找安慰。向前看，預言是雷；向後看，神話是雨，雨化雷雷化雨多少輪迴。身為男人，去關心別人的妻子，難；身為女人，去愛別人的子女，難；身為遊子，去愛別人的父母，難！在我心目中母親總是低眉垂目而坐，告訴我，怎樣分辨母親的左手右手，母親現在是雙眼皮還是單眼皮？

勿將眼淚滴入牛奶

我的生日？你問我，我還正想問你呢，問你可曾彷彿聽過模糊記得我生在哪一天。近來想起不少童年往事，其中沒有一組音符、一抹顏色、一刻觸覺味覺跟「過生日」有關係，不管是我的生日，還是別人的生日。我好像來自一個沒有時間觀念的世界。我看自己如看滿天烏雲。倒有過幾個不是生日的生日。我從十幾歲就為家裡賺錢，那時找工作最容易的地方是軍隊，但軍中的人事作業手續十分麻煩，於是，張三走了，並不開缺，找李四來領他的那分糧餉、做他的那一份事情，萬一上級單位來檢查，李四承認他自己就是張三。這叫做「頂名字」。我曾經頂名字，反覆熟記別人的年齡籍貫出生日期，常常覺得本來的「我」已不存在，對於「生日」那種口含通靈寶玉的感覺也逐漸喪失了。

生日是我的隱衷。到了我在官方紀錄上必須有個生日的時候，我的羞慚好像被那戶籍員一下子捉住了贓證。那人倒有老吏之風，斷然解除了我的窘迫，他說：「寫四月四日好了，四月四，兒童節，容易記；男兒志在四方，含義也很深。」言猶未了，落墨定案。我茫茫然接受了這個生日，那天我整天吃東西都酸。

我有一個生日是為了別人辦事方便。你怎會沒有生日呢？一千個人問。你不是莎士比亞，生日怎會失傳？你不是耶穌，生日怎會出於假定？一百個人問。他們忘了多少年輕人自己不知生時、多少老年人別人不知他的死時。志在四方，四方無方，都是方向，也都不是。有中之無，醒中之醉，生長中之流失。一個不知道自己年齡生日的人會是一個可靠的人嗎？別人疑我，我也自疑。四月四日！我像孵醜小鴨那樣孵這個日期。我恨不得是樹，砍斷軀幹察看年輪。

沒有生日的人更如一夢：夢見四面都是黑板，上面寫著黑字，要細心看才看得見。夢見鑽進黑色的火藥堆裡，自己把引線點燃了。夢見夜間在崎嶇的山路上行走，大雨傾盆，雷電照路，全憑這瞬間一閃，加上膽子，加上運氣。有時候，你就是我的青光閃閃，把我照成透明的玻璃人，摔不碎的玻璃，任人敲打，和同類比賽響聲。你給我許多格言，格言是空空的汽水瓶，是誰把裡面的飲料喝乾了？空瓶有用嗎，你給我的最有用的格言乃是「勿將眼淚滴入牛奶」。

因沒有生日而想到生命。生命起初是白紙，後來是重新油漆過的白板。生命是琴弦上的灰塵，追逐音符瞎忙白忙。生命是遙遠的無人相信的那一份思念。生命是銀幕上的螞蟻，歷經榮華幻夢興亡血火沒有被劍尖挑起來。生命是空氣中有原子塵、食物中有防腐劑、土壤中有化工廢料，歲月鑲金鍍銀，恍惚驚心。我的生命始於寫出第一篇文章，終於再也寫不出文章。

有時我想任何人不能自己記錄出生的日期，「生日」是別人告訴他的，而他相信了，就對這個日期產生感激感動神祕神聖，就會由母難想到化苦為甘光前裕後。以任何一點為圓心都可以畫圓。耶穌的生日也是因需要而發明的，可是耶誕節的普天頌讚可以很虔誠。只要信。如果我能努力相信我的日子，日久成自然，真與假之間不就泯合無跡了嗎。為什麼老是記著它是假的呢。

它是假的。我忘不了。這是我的弱點。我對一切權宜、假定、預告都不能一心撲上去，這樣，做好一個現代人就有困難。格言是空罐，罐中飲料已被人喝光。預言也是空罐，某種飲料還沒有裝進去，你是守著哪一種罐子的人呢？我想，你的生日一定還不需要由別人向壁虛造，我應該在哪一天寄賀卡給你？我的出生年月日是一個笑話，請你在地球的那一半微笑，我在地球的這一半想像你的笑容。

分

天下大勢合久必分。魏蜀吳鼎立爭雄，諸葛一門三兄弟分別在三個國家作官，三個人不通音問。東吳派諸葛亮的哥哥出使蜀國，諸葛亮在外交會議之外沒跟他哥哥說過一句話，除了國宴之外沒請他哥哥吃過一餐飯。我讀這段記載替諸葛亮難過，恨他弟兄三人未能共事一主。不行，一門三傑同朝為官，說不定皇帝哪天靈機一動，認為發現了一個「三人幫」。最好他是獨子。不行，現在大家正批「一胎化」，人沒有兄弟姊妹是一種殘缺，也許就因此成不了大器。這也不行，那也不行，一聲無奈了之。

分字底下一把刀，有形的刀之外還有無形的刀。你還記得吧，冰心有篇文章題目就是「分」，在婦產科醫院的嬰兒室裡，人和人都差不多，進了幼稚園就顯出許多差別，以後年齡長大境遇各殊，人和人就截然不同。那時，冰心的想像力還不足以「假設」兩個人分別在兩種相反的社會制度裡生活四十年，她的那篇文章已經令人夠傷感、夠無奈了。

誠如你所說，外面有很多人回鄉探親。我在外面常常訪問探親歸來的人，希望分享他們的見聞感受。有人告訴我還鄉五部曲，啟程是慌慌張張，乍見是哭哭啼啼，接著是說說笑笑，後來是爭爭搶搶，最後一部竟以吵吵鬧鬧了結。「哭哭啼啼」是延續未分之前的心態，但他們不久就發覺既分的事實，你定了你的型，我定了我的型，積不相容。怎樣再合起來呢，什麼時候才合得起來呢，回答竟是「死」，人躺在太平間裡也個個差不多。咳，這簡直是恐懼了。

通信是具體而微的還鄉，是一種「摹擬」。你費了許多心血查出親友的住址，親友也十分盼望收到你的信，第一封信的確真情流露，從第二封起開始遞減折舊，到後來許多話都談不下去。有一個人想他的好朋友想了幾十年，好容易聯絡上了，現在的情況是，他的好朋友發憤研究謎語，每次寫信總是抄幾條謎語給他，也許這是避免「吵吵鬧鬧」最好的方法。

記得當時年紀小，我們談天可以由早晨談到中午，又由中午談到晚上。怎麼忽然又來叫我們吃飯？不是剛剛吃過午飯？怎麼這麼快又吃晚飯了？大人笑我們，小小年紀哪來那麼多的話？長大了，留洋回來，豈不更是談個沒完沒了？而今我們讀過多少有字無字之書，我們一年的見聞抵得上前人一世，我們多少感觸、多少激盪、多少大徹大悟、多少大惑不解，三山五嶽走遍，欲言又止。

當初我們一面談天、一面發現我們所知道的完全相同。不錯，冰心是海洋文學家。不錯，魯迅本來是學醫的，但他不願意做醫生。不錯，櫻花象徵日本的武士道精神。不錯，日文雖然夾雜漢字，那些漢字多半已經不是中文。怎麼我知道的你也知道！怎麼你知道的跟我完全一樣！我們如同在未知之境相遇，既欣喜，又震驚。

現在呢，使我張口結舌的是彼此不同。我們在山頂相遇，然後一個從山南、一個從山北找路下山。謎面是一個，你有你的謎底，我有我的謎底。我們一同下棋，卻不守同一套規則。我們一同禱告，卻不奉同一個上帝。我們演一部戲，兩種結局。我們談江，不能談到海；談海，不能談到雨；談雨，不能談到雲。我們只談蠶，避開絲；只談絲，避開紡織。一根根很短的線頭，織不成布，線頭稍一延長就會打結。一棵樹在我們而言只是年輪。

分。有形的刀和無形的刀。無奈的人生。要是諸葛家的人也有私交，他們怎麼談荊州呢？他們怎麼談赤壁呢？諸葛神卦也許早已算到美國發生南北戰爭，林肯總統的兒子加入了南軍。也許早已算到紐約有一家中學，中學裡有個歷史老師，這老師在課堂上講到瓜分波蘭的時候，從德國來的交換學生、從蘇聯來的交換學生、還有從波蘭來的交換學生都說「我們的歷史課本不是這樣講的」，他們三個又各有各的說法，於是有一場小小的爭吵。

分！我怕這個字。記得讀中學的時候，講授生物的老師實驗「再生能力」，把一個軟體動物切成兩半，丟到水缸裡養著，牠們悄悄的（我想也是痛苦的）再長出一半來，兩圈黏乎乎的東西生活在一汪水裡懵懵然互不相識。這個樣子的再生實在夠悲慘。

生命如對聯，「絕對」固然精巧，但也注定了只有一半。當年辭別教我讀四書的老夫子，老夫子沒忘了我的功課，他說：「有個上聯你對一對：桃花太紅李太白。」我在這方面天資一向很低。「對不出？你記在心裡，哪天有了下聯，寫信告訴我。」嗚呼夫子，下聯直今沒有，也許永遠沒有。

我的一九四五呢

我們曾經是冰心的小讀者，因冰心愛海而嚮往海，因冰心憐憫老鼠而喜歡老鼠。我們幻想如何像冰心一樣站在甲板上，靠著船舷，用原來裝照相底片的盒子裝些詩句丟進海裡，任它漂，任它被一個有緣人揀去。想想想，我把眠床想成方舟、把家宅想成一片汪洋。

等到我在遠航的艙裡有一張床，我愛戀甲板、愛看船頭切開大理石一般的海面。造船的人最懂得怎樣節省空間，造監獄的人也是，坐船使我有近乎被囚的憂鬱。我也想把詩句寫在紙條上，塞進裝膠捲的空盒裡，許個願，丟下去，但是我知道那種白鐵皮做的盒子不能抵抗海水侵蝕，不等漂到岸上就穿孔潰爛了。我的一丁點兒知識殺死風景。

若干年後我看到記載，海漂乃是一門學問。海漂用的瓶子不透水，也不會在礁石上撞碎。瓶子下水要分季節、選地點，因為海流是有方向有路線的。有一只在北半球下水的瓶子，四十年後才被南半球的人揀起來，瓶子裡有字條，字條上有姓名地址，於是雙方通信，於是海漂俱樂部把這件事列入紀錄。

這故事令我咄咄稱奇而又嘖嘖稱羨。一個人的通信地址到了四十年後居然還管用！怎麼可能？一定因為人家沒有「史無前例」、「觸及靈魂」，沒有「掃地出門」、「隱名埋姓」，沒有清洗、改造、打碎。如果是我，我僥倖揀到你的瓶子，又怎能找得到你？能找到城市，找不到街道；能找到街道，找不到門牌；找到門牌，找不到你的窗子；找到窗子，你走不出來，我走不進去。

你想寫點什麼寄給我也是一樣。

當初我想在紐約買幾間房子弄個窩，房主說他的房子是一九四五年建造的，要看文件嘛，沒保存下來。口說怎能為憑呢，一位老紐約指點我把馬桶後面水箱的蓋子掀起來看看，也許造馬桶的工廠在蓋子的反面留下年代。一九四五年買來的馬桶用到現在？非常可能？沒換過？為什麼要換？這倒比房子還值得看。我進了浴室，關上門，悄悄把水箱的蓋子揭起來，捧到燈下，可不是？筆畫清清楚楚凹下去，一九四五！我立時想狂喊、想狂飲、想狂奔，我的一九四五呢，我家哪有東西從一九四五留到今日！

這使我想起許多事情。

我想起我看過的一部電影，一個兩國砍殺的故事。那時弧形寬銀幕和立體身歷聲以電影技術革命的聲勢抬高了這部宮闈歷史戰爭的大戲，金鼓動地，鐵騎橫掃，金堂紫宸仆地化泥，火比天高，整座城像個噴火器。死亡和毀滅是那樣一絲不苟的進行下去，直到銀幕恢復一片乾淨白，賸下幾隻螞蟻在邊緣爬行。

我注視那留不住滄桑也說不出滄桑的螞蟻，幾乎成佛。那時我想起另外一些事。

在「將軍百戰身名裂」的那年，我走入一個地方，左右兩叢茅屋拱衛著一片瓦房。這是由大鎮分出來的衛星村落，以一戶人家為靈魂。我們到時，偌大家宅所有的屋子都空無一人、所有的房門都敞開、所有的箱櫃都拿掉了鎖。這是一個對戰亂有研究、對逃難有經驗的人家。院子裡的花剛澆過水。紫檀木的桌椅有石器風味，桌上半盞清茶猶溫，攤著一本手抄的三字經，觸目及處，是「周轍東，王綱墜，逞干戈，尚游說」，他走得果斷而又匆忙。一隻大手伸過來，抓起那個鈔本，塞進背包裡，指著牆上掛的一幅董其昌說：「拿著吧，等到太平年，賣掉了夠你娶媳婦的。」我沒理他，我壓根兒沒想到媳婦，我一直在想為什麼這座家宅這樣虛靜，我知道了，宅主人先殺死了他的狗。

第二天再經過那裡，董其昌不見了，門板上釘著銅釘的大門不見了，院子裡的茶花不見了，翅膀一樣的瓦簷不見了。連恭敬謹慎的茅屋也全沒了蹤影。昨天，用放映機射在銀幕上的昨天，咔嚓一聲關掉電源，今天把它收拾了、擦拭了，而我，是一隻似有知似無知的螞蟻。

唉，砲兵，戰神的鼓手，擂那個村子。赤腳的漢子，纏足的女子，光屁股的孩子，從四面來，流成河，結成蟻陣，叮那瓦房的遺骸，把木料搬走，把磚石搬走，吸管一樣吸盡一切可能有用的東西。一小塊貧血的孤獨的地面。各式各樣的凶器來了，朝瓦房的地基下手，寸寸凌遲，翻弄皮下脂肪，找金肝銀肺。這一切都在二十四小時之內完成。

從此，這個家庭成為海裡的瓶子，漂著。他的通信處呢？通信處呢？

火車行駛了整天，每一站都擁擠著難民。每個人的眼睛往更遠處看。他們的通信處呢？戰爭在我眼裡摻了沙子，直到今日，我常常看見異象。我從馬路兩旁一望無盡的舊貨攤上看見大分散前夕的毀家擺賣，一家連一家，由鉛筆刀到縫紉機，由斧頭到耳環，由電話機到算盤，由棉被到飯鍋，整個家庭搬到路邊，除了房子。大件小件，給錢就賣，由買主隨心出價。貨攤後面孩子哭著要回家，母親咬著嘴唇一臉凶狠，爺爺拄著枴杖來看心愛之物的下落，西風殘照裡，好像所有的物件都變了模樣。大賣之後，這些家庭還有通信處嗎？

變賣的不僅是家具。一個十四、五歲的女孩，因為身上穿了一件新夾克對我們面露喜色。旁邊一個中年婦女連聲追問：「很便宜，要不要？」我還以為是問我要不要那件夾克呢，想不到是問要不要那個女孩。兩個中年漢子停下來，抽著菸，隔著煙霧端詳貨物，毫不避諱他們的意見，「這女孩太精明了，精明的女孩難脫手。」要懵懂，要懦弱，要找不到逃回去的路。他們把菸蒂丟在地上，踏熄了，一路看下去。落在他們手中的女孩還有通信處嗎？

北美多楓，深秋楓紅，整條街、整座丘陵、整片河岸都有夕陽點燃的熊熊大火，這時我從外面回來，遙望火勢，驚悸在心，在這痛快淋漓而又令人戰慄的燃燒之中，之後，我的家還有沒有？還有沒有？

有時我俯身掬水，看見水中的影子，為之悚然。是誰的頭顱被砍下來了嗎？——據說，人頭落地時總是面孔向上，看頭上還有天沒有。我想，它們也許寧願翻過來吧，把脖子的斷痕留給天看，還不夠嗎？

我常常看見郵差，肥胖而蹣跚的郵差，黑瘦精悍跳著走路的郵差，文秀但是挺高胸脯扮成女英雄的郵差。我想起海中漂浮的瓶子。

我們好容易有個通信處，而且揀到了幾個瓶子。
而有人，像「讚美主」似的，嘴上掛著下一次戰爭。

人，不能真正逃出故鄉

我找到了！我找到了！我一一找到了我想念的人。坦白的說，我本來很絕望，來年的蝴蝶怎能找到去年的花。我讀他們的信如讀敦煌殘卷，此心此情宜狂歌、宜痛飲、宜擂鼓、宜作雕刻。我要像婆娘一樣大哭、像守財奴數錢一樣細數今昔、像得手的小偷一樣暗中安慰。從前，小時候，見過兩個久別重逢的老頭子互相抓緊，興奮的叫道：「老小子，你還沒死啊！」我需要同樣粗鄙的語言。

中國的人口畢竟由五億增加到十億，泰山雖然石多，縫隙裡一線土壤即可成蟻穴。我不該設想他們早已死了，可是此刻，我不但覺得他們一一死而復生，連我自己也是再活一次。伴隨著這種感覺而生的一個念頭是，我們都仍需再死。他生未卜，此生未休，這一段奇異的人生如何度過？老師未教，牧師未講，愛人未叮嚀，朋友未切磋，父母未耳提面命。那流經我們心房心室的漩渦，書本上讀不到，電視上看不見，書記未記，社論未論，考證未考。

失而復得真好。我們的一生由許多人玉成，缺少哪一個都不行，並不是缺少哪一個都行。而今，彼此通信已是鐵打的事實，我仍覺恍惚，如醒中說夢、夢中說醒。樹的倒影落在水上，魚來吮吸鳥羽，但魚不知樹、樹不知水、鳥不知魚、魚不知鳥。紅漆漆過的棋枰上，馬車兵卒仍然在，只是換了位置。世路如U，轉一個大彎回到原處，但兩端只能遙望，不能連接。

也許，必得我們互相抓緊，高叫老小子你還沒死。不，乍見翻疑夢。也許必得比鄰而居，兩家共享一棵綠楊，晨昏聽對方的雞鳴狗吠。不，雪泥鴻爪最易泯滅。也許必得我們相處日久，生嫌生怨，傷心失望，悔不當初，那時才清晰明確摸到了耶穌掌心的釘痕。世事無非如此：遺失比拾得真實，拳頭比紅唇真實，飢餓比飽足真實。但那一天還遙遠。在那一天來臨之前，我們先享受過度。也許，焰火的迷人之處就在它會熄滅，而熄滅之前無可取代。也許，焰火的美麗就在它背後有個黑暗的天空。

所以目前我滿足，薄醉微醺似的滿足。目前窗外正有冷雨，雨把小水點灑在窗上，掛在窗玻璃上的水點像個孕婦一樣膨脹、下垂，貼著玻璃往下鑽，鑽進了以前水滴流過的軌道就慌張轉彎，左衝右突想鑽到窗子裡面來。在他們眼中，海外遊子大概就是這個形象吧。在我眼中呢，他們不是水，是水成岩，千層萬疊合成一體，龐大堅硬永不失蹤。岩上是海，海面上是漂浮的瓶子，瓶子裡有「我欲乘風歸去又恐瓊樓玉宇高處不勝寒」。

這一次，我發現，人不能真正逃出他的故鄉。任你在鄰國邊境的小鎮裡，說著家鄉人聽不懂的語言；任你改了姓名，混在第一大都市的一千萬人口裡；任你在太湖裡以船為家、與魚蝦為友，都可以從你的家鄉打聽到你的消息。有一個村子，村中原來的居民全部遷移了、流離了，村中換盡與他們素不相識的人家，這些後來的住戶竟能說出原有住戶的行蹤。原有的住戶儘管到了天涯海角、儘管和昔日歷史斬斷了關聯，也像有什麼靈異祟著他、附著他、驅使著他，非向原來生長的地方掛個號留句話不可，即使那村子已經成為一片禾黍，地上的石頭地下的螻蛄也會對著來此尋親訪友的人自動呼叫起來。

不過這些人也是四十年沒回老家了，也是近幾年才跟老家的人通信。皇天在上，這些人也是輾轉四方，為子女找生地，為自己找死地。我們都是靠自己的缺點活下來，理想化為錢幣上磨損的人面，名聲不過是升空飄搖的氣球。不敢心憂天下，擔憂自己的兒女；不敢談澤被蒼生，只偷偷打聽幾個朋友。蝸牛無須為沒有房子住的人道歉。你不能希望老年的回憶等於年輕時期的想像，你只能希望老人的過去並不等於青年人的未來。

時代要每個人都做英雄，我們畢竟是凡夫俗子。四十年不回家的人必定有英雄氣概，那一點歸心即是凡心。浮生有涯，一語道盡，由常人變英雄，又由英雄還原為常人，造化撥弄，身不由己。每一次都變得你好辛苦。卸下頭盔，洗掉化妝，再照個相，在大遠景鏡頭下，我們是小螞蟻；在大特寫鏡頭中，我們是老妖怪，我們應該可以從這裡找到共同語言。

冷雨如箭，還在敲響窗子，打翻野菊。不久，窗上的雨點將化為雪花。我知道，那時，同樣的景色也將出現在以你為中心的大地上，十里不同風，百里不同俗，但是我們有同樣的冬天。關好窗戶吧，一塊兒度過。

一九二九不出手
三九四九凌上走
五九六九凍死狗
七九河開
八九燕來
九九耕牛滿地走

給我更多的人看

人啊人，人字只寫兩條腿。左看像門，右看像山，另有一說是像倒置的漏斗，總之站得牢。人為萬物之「零」，符號十分簡單，人字只兩畫，你看馬牛羊雞犬豕多少畫！門供出入，人分內外；山有陰陽，人感炎涼；漏斗倒置，天地否極，看誰來撥亂反正旋轉乾坤。啊，人啊人。

這幾天我一直看他們幾個人的照片。好不容易找到了他們！也許我的律師會說，你只是找到了他們的照片而已。我那以攝影成名的朋友也許說，你只是找到了底片感光顯影定影放大沖洗而已。我那寫詩的朋友也許說，你只是見到一蝶、拾起一片花瓣而已。可是我要看，我更要看。一生一世，悲歡離合，生老病死，窮通榮辱，看他化蝶飛來，成一瓣落花飄下。看他縮小面積、壓去體積、濾盡過往、排除變化，成為案頭掌上之永恆。

看他們又是一場粉墨鑼鼓。看他們像看那場同樂晚會。看野地裡豎起柱子，看柱間連成橫梁、鋪上木板，看人在木板上捏弄世界。忽然眼前出現了一些人，從未見過，完全陌生。沒有誰戴這樣的呢帽、眼鏡，留這樣的鬍子，沒有誰站得這樣矜持，等他露齒一笑，那排牙使你恍然大悟，你馬上把他的容貌糾正了：這星期不是輪到他當採買管伙食嗎！你看又出來一個人，老了，腰彎著，壽眉半白，瞇著眼東看西看，皮膚夠黑，臉上手上卻還有那麼清楚的黑斑。這個人？難猜。看他一時疏忽睜大了眼睛，那烏溜溜的黑眼珠朝臺下一轉，哈哈，這傢伙去年跟我同班！那次看表演如同一個預言，今天我看這照片，從眉裡宇裡搜尋真身，於今彷彿猶昔。只是這一次他們永不卸妝，他們看我料亦如是！

看來看去，想來想去，反來覆去，死來活去。四十年前的留不住，四十年後的擋不住。人啊人，人字還是照寫，可是由瓶到酒都換了。人還是出出進進、上上下下、冷冷熱熱、顛顛倒倒。唉，可惜顛顛倒倒！小說家辛克萊路易斯六十大慶時，新聞記者請他發表生日感言，他說他心裡有一個問題不明白，在六歲時就不明白，到了六十歲還是弄不明白。什麼問題呢，那就是：世上為什麼有窮人有富人？唉，我不是辛克萊，我也有一個問題從六歲迷惑到六十歲，那是世上為什麼有好人有壞人？這問題你也不能解答。我們都有所不能，握住火把，握不住光；握住手，握不住情，不能掃起月色、揭下虹，不能將酒渦一飲而盡，我們都不能使獸變人。

但是據說人類的確帶著獸的血統和獸的性格，隱隱約約有獸的長長短短。人類征服洪荒，把野獸逼向死角，自己扮演虎豹蛇蠍兔狐豬狗。人為萬物之「伶」。袍笏不能保證文明，神話不能保證因果。十年一難，百年一劫，劫難來了，所有的偉大都急速縮小，所有我們用兩隻手恭恭敬敬捧著的東西都掉下來被眾人踐踏成泥。平時都說槐花是吊死鬼的舌頭，相誡不可從槐下走過，但饑饉之年大家搶著吃槐花、吃槐葉、吃槐樹皮。有一種蜘蛛，出生以後就把自己的母親吃掉。母獐相反，牠如果聞見幼獐身上有陌生的氣味，為了安全，就把親生兒女丟棄了。斷腕滅親也是空，賀蘭山上的獵人還是可以捕獐為生。蜘蛛為了自己發育連母親也吃，到頭來仍是一隻蜘蛛，也沒長成老虎。

誰是虎而冠者？他們不是，我不是，料想你也不是。你說「我很累」，哪裡是虎嘯？你寫的柳公權，「棄我去者昨日之日不可留，亂我心者今日之日多煩憂」，昨夜還掛在我的客廳裡。世上豈有莫愁湖，真有莫愁虎。你說「我很疲倦」，疲倦也是一種愁。你煩的是什麼、憂的是什麼，你遺忘了沒有、昇華了沒有。李白的呻吟怎麼到現在還裊裊不絕，該死的不朽。

當我處心積慮東尋西覓時，你沒有一句話贊成、沒有一句話幫助，你也不反對不禁止，只說「我很累」，這是你的風格。而我，我對言外之意充耳不聞，在你冷淡的眼神下興高采烈，這是我的風格。歷史是打碎了的瓷瓶，碎片由考古家收拾，這掃地的工作麼，你也懶得了。其實我也累，他們都很累。站在紅漆漆過的大地上，邁一步怕留下腳印，扶一把怕留下指紋，空氣裡充滿了油漆未乾的辛辣，喘口大氣也難，那日子是會在肌肉裡累積酸素的。大家都累了，像是童年時期的某種遊戲一般，大家擠在一起、纏成一圈，直到每個人用盡了力氣，睡在地上癱作一堆。這個遊戲簡直是今生今世漫長生涯的縮影。真奇怪，童年做過的某些事情，往往是以後重大遭際的象徵。

我想我們都太累，都還沒有恢復，完全恢復需要很長的時間。直到有一天，我們想到夸父，不累；想到吳剛，不累；想到季子掛劍，不累。直到有一天，看見小花的微笑，不累；想起提琴的弦繃得那樣緊，不累；聽見瀑布晝夜奔流，不累。直到有一天我們能尊重含羞草、同情鴕鳥、讚美出土的化石、包容所有的上帝。

上帝說過，聚有時，散有時。由散的時代到聚的時代漫長，有涯。把葉子吹離枝頭的，是風；把葉子圍攏在樹根四周的，也是風。把花瓣從陌上沖走的，是水；把花瓣一個挨一個鋪滿湖面的，也是水。貧血的月，高血壓的太陽，癡肥的山，生鏽的城，俱往矣。不要諷刺生命，當心生命會反諷你。人啊人，我要看人，給我更多的人看，給我標準化的人，給我異化的人，給我可愛的人、可恨的人，以及愛恨難分、同中有異、異中有同的人。

我們的功課是化學

聽我說，我愛看他們，愛看人，人的美，人的尊貴。鳥獸草木修煉千年也就是圖個圓顱方趾頂天立地。我愛看鄰人，我愛看陌生人、愛看親人、愛看仇人。人的名稱，神的形象。動靜舉止原是畫，喜怒哀樂原是戲，慢慢看啊，每個人都是風景。

聽我說，我了解你的疲倦，一如打過擺子的人了解瘧疾。怎能不疲倦呢，如果人是套在我們頸上的枷。如果人人似乎心懷叵測，連海浪也是在搜刮天空。如果人不是可怕就是可恨。如果對平生的每一件善行都後悔。我聽說某一個時代的黑社會領袖都紮緊輸精管，英雄無後，天才無種，他太疲倦了，不堪負荷。

我的疲倦在你之前。那時國內還在打仗。那時我看見一片瓦礫和插在瓦礫中的屍體。我覺得我的精力一下子被戰爭吸光了，渾身痠痛，肌肉隨時可以壓垮骨骼。那屍體本來是個醫生、瓦礫本來是一所莊園。那人為什麼要做醫生呢，他有一些什麼樣的行為呢，這裡面有個故事。

故事裡面主要的人物是一個讀線裝書的紳士，和他的守寡守了三十多年的母親。這位從二十多歲就關在一層一層門窗裡、裹在一重一重長裙寬袖裡的節婦，到了五十多歲忽然在絕對不能讓人看見的地方生了一個毒瘡，流膿流血，痛徹心腑，以致她那孝順的兒子寢食俱廢、形容枯槁。依做母親的意思，寧可痛死爛死，也不讓醫生來望聞問切，——醫生都是男人！可是在一切偏方無效之後，做兒子的就再三哀求母親讓步。為了使兒子盡到人事，那母親說，可以，但是只能由一個醫生來看病，而且只能看一次。

於是兒子經過再三斟酌，帶著一袋銀元，到遠方去恭恭敬敬請來一位名醫，全家上下滴溜溜伺候這位名醫吃過魚翅席之後，延入內室診察病患。母子倆的心情不必細表，這還不是他們最長的一刻。醫生看過患處，回到客廳，只管坐在太師椅上抽菸喝茶，沉默無語，文房四寶早就擺下，他竟視而不見。兒子陪坐一旁，不知道說話好還是不說話好，說話，怕打攪了他；不說，又怕冷落了他。他怎麼還不處方呢？是催他好呢還是不催好？催他，怕得罪；不催，這麼耗著豈不急死活人？

做兒子的出了一頭熱汗，等到熱汗變冷，頭腦也清楚了。他吩咐僕婦到內室去取出四個金元寶，用托盤盛著端出來，他接過托盤，走到醫生面前，輕輕放在八仙桌上，退後兩步，跪下，恭恭敬敬朝著醫生磕了一個頭。他做對了，那名醫客客氣氣的寫下藥方、客客氣氣的告辭而出（自然是帶著元寶）。病家照方服藥，不由你不服，那毒瘡竟然好了！竟然好了！

做兒子的受了這個刺激，就去買一套一套的醫書，就去訪求一個又一個名醫，把自己訓練成一個醫生。於是，莊園外面的黃泥路上，經常有吱呀吱呀的獨輪車載著病人進莊來了。當吱呀吱呀的車聲歸去的時候，把他的名聲傳揚開來。漸漸的，有些傳說和神話附會在他的名下，他像歷代所有的名醫一樣，半隱半現在一種光輝裡。他全活了無數人，沒有收過一文錢。

而老天給他安排的結局是如此！

而那個為他母親治瘡的醫生下了如此的論斷，「此人一死，誰也休想蓋過我！」

那時，我站在廢墟之旁，仰首問天：為什麼會是他呢，為什麼會是他呢！然後，我問，我能做什麼？我能做什麼？那一刻，我發現自己無能、可恥，我連那隻在屍體上舐血的狗都不能趕走，因為，狗眼射出紅光，據說，狗吃了人肉以後馬上變狼！

人有善有惡、有正有邪。人有貧富貴賤、禍福成敗。依照列祖列宗所信所傳，世上的富人、貴人、成功的人、有福氣的人，該是那些善良正直的人，邪惡的人應該相反。可是，等到我們親身體察，我們才知道排列組合並不如此簡單，它錯綜複雜，根本不能用耶穌或孔子留下來的公式推算。尤其是戰爭來了，災難最大，上帝遜位，聖賢退休，天倫人理都十分可憐。反淘汰比淘汰更無情，逢凶化吉要靠離經叛道，人人暗中慶幸自己倒也並非善類。從那樣的時代活過來，不啻是穿越了原子爆炸的現場，輻射線造成永久的傷害，表面上也許看不出來，暗中卻深入靈魂、延及遺傳。

所以我們必須走出來。我們遭逢的劫難只是名稱不同、時間不同。我已修完了你正在艱難鑽研的課程。你是昨天的我，我是明天的你。我們都有癌需要割除、有短路燃燒的線路要修復、有迷宮要走出、有碎片要重建、有江海要渡。

有江海要渡，聽我說，我來渡你，一如你昔曾渡我。我沒有直昇機，我有舢板，只要你不怕弄溼鞋子。你不能等大禹殺了儀狄再戒酒。達摩渡江也得有一根蘆葦，馬戲團的小丑從胸前掏出心來，當眾扯碎，他撕的到底是一張紙。走過來吧，踢開紙屑，處處是上游的下游、下游的上游，浪花生滅，一線橫切。江不留水，水不留影，影不留年，逝者如斯。舢板沉了就化海鷗，前生如蟬之蛻，那還有工夫啣石斷流。

聽我說，生活是不斷的中毒。思想起來，我中毒很早，遠在目睹戰爭之前。老師講「伯道無兒」，說鄧攸生逢亂世，為了救他的姪子犧牲了自己的兒子。他原以為可以再生一個兒子，誰知夫人始終不孕。媒婆給他送來一個無家可歸的女孩做姨太太，誰知問起家世，那女孩竟是他的甥女。由於內疚，鄧攸再不納妾。於是他無子。於是他絕後。那時我就問，為什麼會是他呢。我希望老師說錯了，到圖書館裡去翻書查考，但是我把填寫完畢的借書單揉成紙團丟進字紙簍裡，我怕書上寫的和老師講的完全相同。來，聽我說，我們現在要勇敢的面對多少多少的鄧攸、各式各樣的鄧攸。人生修養就是分解這種毒素。不要再加減乘除了，我們的功課是化學，不是數學。化！化種種不公平、不調和，化種種不合天意、不合人意，化百苦千痛、千奇百怪。和尚為此一生打坐，把自己坐成吞食禁果以前的亞當。化！化癌化瘤化結石化血栓，水不留影，逝者如斯。

聽我說，歷史有時寫秦篆、有時寫狂草，洞明世事練達人情就是兩種字體都認得。人啊人，天意難知，人意易測，報恩易，而世人忘恩；報怨難，而世人記怨。人終須與人面對。人總要與人摩肩接踵。人終須肯定別人並且被別人肯定。人萬惡，人萬能，人萬變，然而歸根結柢我們自己也是一個人。世人以芝蘭比子孫，但他們寧要子孫不要草。世人以鶺鴒比兄弟，但他們寧要兄弟不要鳥。永遠永遠不要對人絕望，星星對天體絕望才變成隕星，一顆隕星不會比一顆行星更有價值。遇難落海的人緊緊抱住浮木，但他們最後還得相信船。通宵趕路，傍山穿林，我情願遇見強盜也不願遇見狼群。

聽我說，咱們同年同月同日找一個人煙稠密的地方去看人、去欣賞人、去和我們的同類和解，結束千日防賊、百年披掛。上帝為我們造手的時候說過，你不能永遠握緊拳頭。來，放鬆自己，回到人群，在人群中恢復精力。

第四部
萬木有聲

年關

我一向無心過年。不，這不是長年流浪的習性的一部分，遠在離家之前，吹肥皂泡的年代，我就覺得「過年」很虛偽。例如，見了面說「恭喜發財」，內心的願望恰恰相反。例如，平素嫌隙叢生不相往來的親友也互相拜年，拜年後反而加深了敵意。

如要在過年這天選一件事做虛偽的代表，我想那就是「打著燈籠討債」。依照風俗慣例，債主催討欠款只能到大年夜天亮前為止，元旦一破曉，他就暫時失去這份權利。債主也有對策，他在元旦的光天化日之下打著燈籠坐在債務人的家門裡，表示現在仍是黑夜，可以繼續催討；而欠債的人呢，可以昂然出入家門，對那個來施壓力的人不理不睬，認為既是黑夜，我當然看不見你。

我的理想國裡是不「過年」的。流浪雖有苦楚，但一想到過年，如釋重負。人越長越大，終於有了所謂社交生活，這才明白人並不能只和他喜歡的人來往，不能只和他推心置腹的人共事，不能只和語言有味的人交談。人與人之間「當面敬酒、背後下手」也並不是新聞。昨天敬酒，今天照樣下手，而今天下了手，明天照樣可以敬酒。人不度這一關成不了正果，要度這一關，中國舊式的「過年」是個先修班，也是沙盤演練。這個受造就的機會，我把它輕易拋棄了！

也是在那個時候我領悟到另一件事。小孩子喜歡把螺殼按在耳朵上，說是可以聽見濤聲。這件事經詩人點染鼓吹，頓成雅事。有一次，我效小兒女作態，試聽海螺，忽然聯想到「打燈籠討債」的情景。明明是白天，偏說還是黑夜；明明是自己的聽覺神經受到壓力引起的反應，偏說是海濤。人，常常以他強烈的主觀，否定客觀的事實，編造幻境，弱者用來陶醉自己，強者也許憑著它役使別人。想那打漁殺家的老英雄，自稱「江湖上喚蕭三不才是我，大場面小場面見過許多」。他所見過的場面，不知有多少是燈籠照射下的白晝？多少是螺殼裡的海濤？

那時以後，我陸續讀了一些詩。舊時詩人每逢除夕和元旦照例有詩，這是中國舊詩常見的兩個主題。幾乎沒有例外，除夕做出來的詩充滿了追懷和感傷，對舊歲極其深情，而曾幾何時（也不過幾個小時之後），詩迎新歲，喜氣洋溢，對未來一片憧憬和期待，斬釘截鐵不再留戀過去。一首一首分開讀，都可以成立，連著一口氣讀下來，換情感不是換底片，怎能唰啦一聲除舊布新。那時我想除夕的悲戚和元旦的歡呼都是八股，是詩人造做出來的感情。

不過守歲的情景我還有些印象。除夕之夜的確闔家不寐，一分一秒守著那寸寸逝去的光陰，直到夜盡。大家圍著火盆靜坐，說話輕聲細語，氣氛確實沉重嚴肅，好像內室裡有一位重要的、關係密切受人尊敬的老人正在彌留之際。第一個發明用這種「儀式」守歲的人用意何在？豈不是教人念舊嗎。等到元旦的曙光照來眼底，發明這「儀式」的人又叫人立刻丟下手裡的撥火棒，遠離那瀰漫著檀香氣味的室內空氣，迎著刺骨的寒風、刺目的旭暉衝進街心，彷彿搶著去掌握稍縱即逝的黃金時機，這又是什麼意思？詩的根源是生活，有這樣的過年，才有那樣的除夕詩和元旦詩。只是詩人未曾破解一個問題：何以要有那樣的生活。

有一次，看一部「歐洲歷史宮闈巨片」時若有所悟。國王病篤，群臣晝夜守候，人人面容哀戚，後來內侍以杖觸地高聲宣布「老王晏駕，新王萬歲」！於是大小百官一致跪地嵩呼，悲喜交替，間不容髮。其情其景，簡直與中國人由除夕深夜到元旦凌晨彷彿。中國歷史悠久，摧枯拉朽的撞擊和摧心裂肝的喪失接踵，先賢藉著過年教育後人，使人人能夠在變局中處理感情。可以說，這也是「為生民立命」。人，從昨天活過來，昨天十分重要，但是人畢竟要投入明天。夏蟲不可語冰，因為它活不到冬天，倘若享壽十年，就知道水變固體也沒有什麼了不得。人既不能乘光速與逝者同行，只有與來者同在。白雲蒼狗，無非如是。

有一個人，他是我在紐約結識的朋友，他當然另外還有朋友，他的朋友又有朋友，合起來，可以成一個小小的朋黨。他們來美十幾年不肯加入美國國籍。最近，他們覺得持用本國護照實在太不方便了，不但在外國不便，回到本國更是不便，大夥兒一商量，同時向移民局申請歸化。這要經過一系列手續，最後一個場面是宣誓。宣誓前一天這些人聚在一起狂飲烈酒，帶醉大哭，徹夜不曾合眼。第二天，他們挺胸昂首通過那個情緒激動的形式，他們以勇敢的微笑接受親友祝賀，然後他們精神抖擻馳騁於他們的戰場。我深有所感：長夜痛飲是他們的除夕，宣誓如儀是他們的元旦。

又是一年。我這個厭惡過年的人，對辭歲、迎喜神、祭祖、拜年，乃至放爆竹、貼對聯，漸漸有了回甘。遠適異國，已無緣再受這一課程的薰陶教化。每年新曆十二月三十一日夜間從電視上看紐約人集齊時報廣場載歌載舞，就覺得那氣氛中只有元旦、沒有除夕，略見平直，不免浮躁。然而時代使然，也只有聽之了。

園藝

我在後院翻土種花，一位即將回國探親的朋友走進來看我學做老圃，問道：「想不想弄點中國有、美國沒有的種子？我替你找來。」我說：「想種的倒也都有，洛陽牡丹不准出口，荷蘭的牡丹也很好。」

去年，我把小院規畫成山東、江蘇、安徽三省的形狀全種上金錢菊，分三種不同的顏色，爛漫了六個多月。今年換了疆土，我統治雲南、貴州和廣西，殘雪未融，去年深秋埋下的鬱金香球根就吐出葉子來。這種花朵大色嬌，一棵棵筆直的站著，另成一番氣勢。五月，花謝了，以一、兩個星期的時間觀賞葉子，然後貼著地面剪除了，撒上一些細小如沙的種子，由夏到秋又密又稠的小花擠成三張顏色不同的地毯，鋪滿我想像中的三個遙遠遼濶的省分。

我在兩手沾滿泥土的時候常想，不知你在五七幹校做農人的時候也種花不？有花就有蝶，什麼樣的蝶戀什麼樣的花。牡丹盛開的時候，花叢上的蝴蝶很顯赫，好像自以為是一隻鳳凰。牡丹是花王，好像來的也是蝶王。那一地細碎的小花呢，盤旋而來的蝴蝶也是瘦小的、色彩單調的、謙卑而殷勤的。那鳳冠霞帔、蝶中的貴族，始終不曾惠然降臨。

這是為什麼？花類也得「各有因緣莫羨人」嗎？

你還記得吧，有些花漸長漸高，鮮綠油亮，可是底下最初長出來的兩片葉子卻開始發黃。發黃的葉子徒然消耗水分養料，應該剪掉，商人特別設計了一種剪刀，供我們便於整肅，由這種剪刀的銷路可以想見你、我、他都不再顧念這兩片葉子的功勞。當初種子下地以後，是先長出這兩片葉子，是靠這兩片葉子辛勤經營光合作用才有整棵花株。可是我們剪掉它一如獨裁者修剪歷史記載。

我想我們還有許多共同的經驗。種花的時候你不能在一個坑洞裡只放一粒種子，並不是每一粒種子都能死而復活再現繁華。也許，你埋在坑洞裡的四粒種子有三個生命，這三粒種子並不會抽籤或猜拳決定由誰冒出地面，它們同時誕生。它們的根也許連在一起，不容易把任何一個移開。如果聽其自然，三棵花都發育不良；如果「溺嬰」，朝誰下手？

這，並不需要猶豫很久。你不消幾天就可以拿定主意。這三棵幼苗之中有一棵占優勢，它長得比較壯、比較高，它用力排擠臥榻之旁的「他人」，它急急忙忙把葉子弄得特別大，好擋住別人頭上的陽光。好吧，既然這樣，你就把失敗者掐死。

每當我這樣做的時候，我彷彿聽見一陣呼喊，「留下我！保護我！把那個蠻橫的侵略者殺掉！將來它能長多高我也能長多高！它能開多少花我也能開多少花！」可是我從來不曾「抑強扶弱」、「主持公道」。你呢？

我們都曾詠歎大自然的和平寧靜，其實，恐怕是我們一廂情願吧。試看那些樹！樹總是以幹為圓心控制地盤，千方百計不許青草生長，榕樹以根壟斷土壤，松樹以針壟斷陽光。樹下如果沒有屬於自己的空間，這樹喝水有困難、呼吸有困難、攝取養料也有困難。

我做過一首竹枝詞，靈感來自秋夜的街頭。

秋風捲地秋寒生
秋籟撩人仔細聽
長巷家家楓葉落
歸根落葉已無聲

古人只說「落葉之歸根者無聲」，似乎未做進一步的解釋。那夜我街頭散步，風過處滿街黃葉飛舞，唯有貼在樹根周圍的葉子寂然不動，原來前幾天下過雨，落葉被樹下的溼土黏住了，在那兒順理成章等著化作春泥。所以，樹，偉大的樹啊！棵棵都有一人合抱那麼粗。

趕走雜草不是一件容易辦到的事，樹能，我不能。種花鋪草，得先改造土壤，在土裡摻上這個那個，包餃子和麵一樣攪拌揉搓。怎樣撒種子，怎樣施肥，怎樣澆水，都有講究。即使如此，花草也不一定能茂盛鮮美。野草就不同了，不請自到，落地生根，得用特殊的工具才拔得起來。稍一疏忽，它就碟形發展，把花草一小片一小片弄死。先是星羅棋布，後來連疆接壤，那時想對付它們，就得重新翻土，連好草也犧牲不要。我曾向有學問的人請問所以，他說百花六穀都只含有三個碳，野草則有四個碳。他說有些專家想把莊稼也改成四個碳，一旦成功，農人的工作就沒有那麼辛苦了。我暗想，單把莊稼改成四個碳，恐怕只是事功的一半，得同時把野草弄成三個碳才行。難怪古人以野草比小人，大概他們早發覺壞人的生命力要強一些。如此這般，自有天意。

這幾年種花種草種菜，「悠然見南山」的境界沒達到，世情倒是勘透幾分。多年來怨天尤人，對種種遭遇大惑不解，咎在未曾「向貧下中農學習」。現在明白了，「上帝在天上，地上發生的一切都是合理的。」農民以能忍耐能順應聞名天下，這回也知道了他們怎麼會有這種力量。

種花確能修心、養性、悟道，你也種一些吧。

夜行

我愛散步，愛夜晚散步，愛看給夜色化過妝的草木人家。可是這裡不興夜間散步，這裡管夜間散步叫遊蕩，要招引窗簾後面的眼睛。

幸而我有正當的理由夜歸。幸而我是以公共汽車代步，下了車，得走幾條街才到家。這是我的歸途，理直氣壯，不把道旁欄杆裡面的狗吠放在心上。我一分鐘四十步，沒有誰可以責備我太慢。目不斜視，也無須斜視，因為兩旁的景象早在正前方出現過了。有時我故意提早一站下車，多繞個彎兒，就像揀了便宜一樣愉快。

街燈撒下淡黃色的光霧，街道顯得靜、寬。夜應該黑，倘若黑，黑色擠壓你，你的路就局促了；倘若黑，黑裡面就有許多喧呶和不可測。

小時候怕黑，牧師指著漆黑的牆角說：「別怕，你仔細看，那裡頭有天國。」聽說基督教傳入印度的時候，一個印度人說：「如果真有天國，那麼好的地方還不早已成了英國的殖民地，我們去了還不是做奴隸？」另一個印度人說：「既然注定要做奴隸，那就找個寬厚慈悲的主人，到天國去做奴隸總比在印度做奴隸好。」第三個印度人說：「我不要到天國去做奴隸，我要在印度做主人。」我之所以愛在夜間散步，原因之一就是可以聽見這三個印度人吵架。

人對世界總是不滿意，夜間摸黑趕路的人常恨天上沒有第二個太陽。據我的保母說，天上本來還有好幾個太陽，被楊二郎壓在大山底下去了。在農民的想像中，楊二郎像擔著兩座麥垛那樣擔起兩座山，右手揮著鞭子，像趕牛一樣把太陽趕得沒有第二條路可走。二郎神威有餘、細密不足，有一個太陽藏在某一種野菜底下，躲過去。幸而有那麼一種菜，為我們留下今天的光熱。那野菜模樣像蚯蚓，赤腳踏上去如趿一雙清涼的拖鞋。無論天氣多乾旱多炎熱，這種野菜不會枯萎不會死亡，這是太陽對它的報答。即使如此，太陽也只能使它不死不滅，而它活著也無非繼續受人踐踏。

有時皓月當空，就嫌路燈多事了。不過我能只見月光不見燈光。我用意識過濾。這點兒本領「火鍊金丹非容易」。畢竟我對月光印象深刻，月光曾經照過我的心，燈光只照過我的眼睛。記得當時年紀小，月下流亡不覺曉，一個同伴頑皮的說：「月亮這麼圓，趕路也舒服，可惜不能邊走邊談戀愛。」另一個接口，「一個人也可以談，你可以單戀。」君子無戲言，戲言見真理，我們對月亮無非也是一種單戀。對太陽也是。對地球也是。常識無用，地球沒有翅膀也飛。地球只有這麼大，旋轉出無盡的歷史；鐘面只有這麼大，旋轉出無限的時間。旋轉，走圓，每一寸都是升弧。箭的弧度小，結果墜地而死。

常識無用，你說，大樹一直生長，最後能長多粗？我散步有時要從幾棵大樹旁邊經過。初來此地時，孩子問我如果這些大樹一直長下去能有多粗，我沒回答，心裡直想阿里山的神木。現在我比較有智慧，我知道大樹一直生長一直生長最後就變成摩天大樓。那些大樓成叢的地方到現在還叫什麼林什麼林，可見當初本是些樹。世事滄桑，樹猶如此。大樓如果只有一棟兩棟，看著挺喜歡，一旦插遍地表，就不顯樓高，只覺人矮。不過大廈當然比樹林好，連牆角都值萬兩黃金。或許也有人說還是樹林好，有新鮮空氣，鳥叫。這些我不爭辯。

俗語說「夜路走得多了終會遇見鬼」。我夜行三十年不曾遇見鬼、常常想到鬼。鬼，到底有還是沒有？起初，我認為當然是有，不過我不必怕，我不作惡。後來慢慢發現那些做了虧心事的人也並沒有鬼來半夜叫門，鬼在哪裡？活人常常厚誣死者，紹興師爺辦案的原則之一是救生不救死。連現住的房客弄壞了電燈都會推到搬走的房客身上。如果有鬼，應該滿街都是負屈含冤的叫喊，可是眾鬼默默，「愛聽秋墳鬼唱詩」而已，聽不見鬼唱詩，只聽見負鼓盲叟唱蔡中郎。

人生不可以有知己，但是必須有朋友，必須有很多朋友。我以前常說朋友之中必須有醫生、有律師，現在我再加上一句：必須有和尚。我在這裡認識一位和尚，和尚見慣亦俗人，可以偶然開個玩笑。我問為什麼你也辦了移民，莫非也是來逃難避禍？他說出家人不怕滅九族，因為他自己先把他們滅掉了。有一次見他打坐，問他怎不入定，他指著窗外一棵文風不動的老松說：「你看這樹，每分每秒都在新陳代謝，連它都不能定，我怎能定？」

有一天談到鬼，他說有鬼，語氣篤定。那麼鬼為什麼不叫？他說你不懂，鬼比你聰明。他說死亡本是解脫，所以鬼應該不計前世但問來生。隔世不算帳是鬼的「憲法」。他說你不懂，「報應」並不是鬼的自力救濟，「報應」是兩者總積相等，不是每一筆收支都相等。他說你不懂，鬼的第一件大事是投胎轉世，不轉世，怎能再享受汪洋的母愛？怎能再有金色的童年？怎能再嘗醉人的初戀？怎能再逐步滿足山重水複柳暗花明的好奇心？怎能？怎能？你完全不懂！

我只聽見不懂不懂不懂。回到家，慢慢回憶，把失落在空中的語句捕捉回來，記下他的大意。很好很好，幽明異路。走夜路走得多了不會遇見鬼，看聊齋看得多了才會生出鬼來。那麼我們別讀蒲松齡，我們讀達爾文。

看大

盲聾作家海倫凱勒曾經幻想上帝給她光、給她視覺，讓她看看這個世界。三天，只要三天，她要仔仔細細的看三天、豐豐滿滿的看三天、歡歡喜喜的看三天，然後再瞎，再回到無涯的黑暗裡，也心滿意足了。當年讀這篇文章的時候，老師問我，「如果你還有三天光明，如果三天以後你就瞎了，那麼，在這最後的三天之內，你打算看什麼？」我只笑，不答，笑這題目出得怪，我怎麼會瞎，我的視力是二〇．二〇！

那時，我的眼睛很好，識字也少。後來認識了「眚」字，認識了「瞀」字，認識了「瞖」字。若干年後知道有「眊」字、「眛」字。原來還有「眇」字、「瞽」字、「矇」字。君子有三畏，幼時畏天，怕迅雷風烈；壯年畏人，怕人面狼心；老來怕自己，怕自己的血管交通擁擠，怕自己的神經生鏽絕緣，怕自己的細胞密謀叛變，無涯的黑暗如在其上、如在左右。驀回首，當年教英文的老師還笑吟吟的站在那裡等我的答案呢！

三天，最後三天，三天的光明。海倫凱勒終於沒有，而我必然會有。三天時間是短還是長？三天足夠上帝造半個世界。三天，噴射機可以圍著地球飛一圈半。三天是七十二小時、兩萬六千秒、眼睛眨一萬多下。一萬多次擦拭、滑潤，乾乾淨淨漂漂亮亮停停當當，然後做什麼？做什麼？

最近我看見許多人，許多個少年子弟江湖老，許多個少小離家老大回，他們知道自己還有幾天，該看什麼。中風，糖尿，心肌梗塞，每人有一種不治之症，只有懷鄉病，他們得到了特效藥。深閨夢裡人並未變成無定河邊骨，無定河只留下他一條腿，剩下這條腿還夠用，找得著歸路。他們眨著眼睛做好了準備，準備去看家看國、看生看死、看今看古、看人，也讓人看。有一位老先生老得睜不開眼了，我說鄉長，您這麼大歲數，行嗎？他說還行還行，還能回去一趟，回得來回不來都沒有關係。

只有三天。千金難買回頭看。回首是因，回首是緣，回首是曾，回首是未，回首是來處，回首是白雲深處。妙哉，十七歲的時候能睜著眼睛做夢，到七十歲又恢復了這門神功。夢裡的獅子溫馴如貓。夢裡的城牆用蛋糕砌成。夢裡的流彈是斜風細雨雨打梨花花近高樓傷客心心隨流水先還家。

我讀秒，我的眼睛還睜得開。而且我有望遠鏡、放大鏡、近視眼鏡和老花眼鏡。我有照相機。這些都是眼，算起來我是複眼的動物。這裡有個人，他當年兩隻眼睛離家，如今一隻眼睛還家，他說眼睛多有什麼用？也不能把一張鈔票看成兩張。海倫凱勒說，眼睛有什麼用？有眼不去看，等於是個瞎子。醫生對我說，你的眼睛好比你的照相機，要想想你還有什麼東西要照，算算鏡箱裡還有多少底片。

想想看，那是多麼大的陸地。給我三天，讓我看看，不看小，看大，看湖如海，看草原如天，看長河如地裂，看群山如天崩。當年坐在飛快的火車上，看那麼長的地平線，看地平線緩緩變成圓周，看大地緩緩轉動成唱盤，大地在唱，唱出唐宋元明清，唱出金木水火土，唱出漢滿蒙回藏，唱出稻粱麥黍稷，唱出一元萬象兩儀四時三教九流六慾七情八德十誡百福千變億載兆民。自從我知道有一種唱片是從圓心向外展開，我就覺得坐在火車上的我乃是一根唱針，摩頂放踵唱史詩，唱給天下人聽。怎能，怎生，怎得，這張唱片再放一次。

想想看，泰山有多高！登泰山而小天下？有沒有以訛傳訛？泰山雖高，視野未窮，莫非王土。應該是登泰山而後知天下之大、知齊魯之末了。泰山之西還有太行，太行之西還有秦嶺，秦嶺之西有巴顏喀喇山、有崑崙山。這些山更大更高，負載這樣高這樣多的山得有極大的土地，山是樹，土地是根。由泰山到崑崙，太陽也得走四個小時。凌虛九萬里肉眼不夠，必須加上望遠鏡；望遠鏡不夠，必須加上聯想；聯想不夠，必須加上宗教的虔敬。何處是虔敬？虔敬在鏡中，回去對鏡看，看鏡中的自己。

飛機比山高、比太陽低。當年飛機還用螺旋槳起飛，大地像一幅由下向上畫成的長卷，唰的一聲打開了。由下向上，山一座一座疊起來，城一座一座疊起來，江河掛起來垂下來，由地面經過機艙窗外直到天上。江山如畫，這畫不是尋常格局。西復西，先是太陽追趕我們，後來我們追趕太陽。下面是夸父逐日之路、是穆王逐日之路、是楊二郎逐日之路。想想看，跟太陽賽跑得有多大空間！日近長安遠，我在想地面上可有我們飛機的影子，一如海灘上該有一粒沙。西復西，何處是西？我們迷失，不是迷失在空中，而是迷失在太大的國土裡。國土是畫，是無邊無涯無框的畫，是自下而上的長卷，無人能夠在地上打開。怎生，怎能，怎得，把這幅巨畫再看一次。

絡繹不絕的歸人啊，你們何所聞而去、何所見而來。摩肩接踵的過客啊，你們聞所聞而來、見所見而去。日光之下無新事，但普天遊子皆懷舊，偏愛舊時天氣舊時衣引發一丁點兒舊時心情。名山大川見許多，天下勝景還是老家東門外的丘嶺，嶺上一棵石榴樹。樹失去了，山在；山失去了，地在，地物改，地形變，大地萬古千秋。土在即苗在，苗在即樹在。斯土斯地得你親眼看，親自用腳踏，親身翻滾擁抱。過客啊，歸人啊，勸君更盡一杯酒，他日再逢，先為我從瞳孔裡帶一些山水，用衣襟留些塵土。

看苗

不要催我，我會來，來看大江南北大河上下大漠內外，不為前生為來世，不尋根，看苗。

看苗。苗可秀。苗可莠。苗可揠？苗可離離。苗是果子也是種子，是環也是鍊。故老相傳，麥苗是晚娘的孩子，大雪是外祖母送來的棉被。那些農夫，春種一粒粟的農夫，汗滴禾下土的農夫，在彤雲壓境的寒夜，在溫度逐漸退減的炕上，懷裡摟著他們的孩子，懸念田裡的莊稼，兩者纏成情結。孩子終須離開炕、離開父母之懷、離開家鄉，插滿大地，自成一類。那時，誰是他們的外祖母呢？

我還記得每年清明，大家成群結隊出外踏青看苗，一畦一畦，一壟一壠，綠在眼裡，翠在心裡。一路走過去，仔細看就能看出它們的立姿坐姿、先天後天，看出它們主人的強弱勤惰、氣運流年。那是某種博覽會，陳列著人的智能和毅力，那也是一次大檢閱，看下一代的精神體魄，把他們的窮通夭壽和我們的吉凶禍福相連相結。我清清楚楚的感覺到，苗給人們的喜悅，甚於穗；那一地嫩綠給人們的信心，多於遍野金黃。

提到看苗，我問你，游絲到底是什麼東西？野外踏青，楊柳風吹面不寒，有時候忽然送來一線酥麻，由左頰到右鬢，壓過鼻梁，似乎想攔住你，為你進行一次精細的手術。那阻力似乎沒有形跡，但是你可以用手把它撥開。那微癢的滋味，是年輕的滋味之一種。這一線，這神祕的游絲，到底是哪裡來的？父老指著天上教我看，看空中盤旋的老鷹，它想離開地面，它還嫌自己不夠高，一圈又一圈，像沿著螺旋梯上昇。它在我們眼中越來越小，小如麻雀，小如甲蟲，小如蒼蠅，然後，突然消失了，就在它消失的那一剎那，它溶化成一根我們難以察覺的纖細，一路飄搖，一路下墜，一路回歸，一路迷失。這就是游絲。

這是游絲？這是傳說，那些以「俯身求土易、仰面求人難」為座右銘的農夫，用這個傳說來懲罰那些離棄土地的人。在他們心目中，我是一根游絲嗎，我倒很希望像游絲一樣回到他們中間，看他們的苗、他們的孩子。我希望他們只是很輕微的感覺到我之存在。我要看看他們除了禾苗以外還有什麼東西留給後人。前些日子新聞報導說，市場上標明純度百分之百的果汁，其實是百分之百的糖水。電視臺的記者告訴收看者：「果汁」裡頭並沒有果汁。這時，一個坐在電視機前餵孩子吃奶的小母親忽然慌張，她想到，如果有一天「牛奶」裡頭也沒有牛奶，那可怎好？天下父母總是希望給孩子好的牛奶、給孩子足夠的蛋白質和維他命。前有古人，後有來者，父母總把好東西留給兒女，帝王留給兒女的是萬里江山，富豪留給兒女的是萬貫家財。我們呢？我們呢？

我們呢？多年以前，朋友從報上剪下一篇文章拿給我看，那作者說他不知如何教育子女，他說他的孩子在外面玩球，帶著一臉眼淚和一身泥土跑回來，球被鄰家的孩子搶去了，身為父母，這時應該怎辦？「算了，那個破球咱們不要了。」這麼做，會不會使孩子以後遇見挫折就自暴自棄？換個方式，「走，爸爸帶著去另買一個！」問題是解決了，要是養成了孩子依賴的心理呢？有人主張一旦擄報就大喝一聲，「你自己去把球搶回來！」那麼孩子長大了會不會惹是生非好勇鬥狠？作者在文章末尾表示他整夜輾轉反側束手無策。朋友問我有什麼意見，他哪裡知道那篇文章就是我寫的啊！

多少年前，報上有一篇文章引起許多人的共鳴，作者以母親的口吻說，她到百貨公司去給孩子選一個玩具，玩具是匠心巧思、分門別類，根據教育家的理論設計製造，說是要藉著玩具的啟發去鑄造孩子的人格。可是，孩子將來該是一個什麼樣的人呢？給他買一支槍吧，要是孩子將來殘忍好殺呢。買一副鍬子鏟子吧，要是孩子將來不想念書只想掘寶呢。買一本故事書吧，要是孩子將來去做作家舞文弄墨惹是生非呢。挑來揀去，買什麼都不合適。作者說記得幼時市上沒有玩具店，她們手裡拿著一塊石頭翻來覆去，似乎也沒留下後遺症，還是讓孩子玩石頭吧，想帶一塊石頭回家，在今天的都市裡找一塊石頭還真不容易呢！……孩子發現了這篇文章，拿給他們的母親看，請母親發表意見，他們哪裡知道那文章的作者就是他們的母親啊！

這是二十世紀，天下沒有做對了的父母。孩子整天戴著耳機聽廣播員喋喋不休，聽不見我喊他的名字。那些廣播員究竟對我的孩子說什麼呢，他們給我的孩子什麼樣的影響呢，空勞記掛，無能為力，只有任他們說的繼續說、聽的繼續聽。我只能發下雄心走遍天下看多做多錯的父母、一無依傍的孩子。告訴我，什麼地方人最多，年輕人最密集。我會用秋水洗眼、水晶鏡片護目、長鏡頭照相機輔助視力。

我看，看他們兩頰凹進、喉骨突出、肩寬背厚、十指骨節嶙峋，時間將他們刻削完成。看他們呼吸著空氣中的原子塵、吃著食物中的防腐劑，每天灌進標明為純果汁的糖水，依然是金童玉女。我宿店，看他們啟程；我回憶，看他們憧憬；我生黑斑，看他們生青春痘；我從霧中來，看他們向霧中去。

別催我，我在專心研習麻衣相法、柳莊相法，窮究人倫大統賦。我來替年輕的一代看相，走遍大江南北、大河上下、大漠內外，看他們之中多少人有福有慧，多少人有守有為，多少人能夠雖強不暴、雖貧不賤，看他們之中長壽的是不是人瑞、短命的是不是天才。看他們將來的大苦大樂、大成大毀、大破大立、大寒大暑、大夢大覺。我來看中國的前途，中國的前途在他們是何等人，不在大壩大橋大樓大廠。

腳印

鄉愁是美學，不是經濟學。思鄉不需要獎賞，也用不著和別人競賽。我的鄉愁是浪漫而略近頹廢的，帶著像感冒一樣的溫柔。

你該還記得那個傳說，人死了，他的鬼魂要把生前留下的腳印一個一個都撿起來。為了做這件事，他的鬼魂要把生平經過的路再走一遍。車中船中，橋上路上，街頭巷尾，腳印永遠不滅。縱然橋已坍了、船已沉了、路已翻修鋪上柏油、河岸已變成水壩，一旦鬼魂重到，他的腳印自會一個一個浮上來。

想想看，有朝一日，我們要在密密的樹林裡，在黃葉底下，拾起自己的腳印，如同當年撿拾堅果。花市燈如畫，長街萬頭鑽動，我們去分開密密的人腿撿起腳印，一如當年拾起擠掉的鞋子。想想那個湖！有一天，我們得砸破鏡面，撕裂天光雲影，到水底去收拾腳印，一如當年採集鵝卵石。在那個供人歌舞跳躍的廣場上，你的腳印並不完整，大半只有腳尖或只有腳跟。在你家門外窗外後院的牆外，你的燈影所及你家梧桐的陰影所及，我的腳印是一層鋪上一層，春夏秋冬千層萬層，一旦全部湧出，恐怕高過你家的房頂。

有時候，我一想起這個傳說就激動，有時候，我也一想起這個傳說就懷疑。我固然不必擔心我的一肩一背能負載多少腳印，一如無須追問一根針尖上能站多少天使，可是這個傳說跟別的傳說怎樣調和呢，末日大限將到的時候，牛頭馬面不是拿著令牌和鎖鍊在旁等候出竅的靈魂嗎，以後是審判、是刑罰，他哪有時間去撿腳印；以後是喝孟婆湯、是投胎轉世，他哪有能力去撿腳印。鬼魂怎能如此瀟灑、如此淡泊、如此個人主義？好，古聖先賢創設神話，今聖後賢修正神話，我們只有拆開那個森嚴的故事結構，容納新的傳奇。

我想，撿腳印的情節恐怕很複雜，超出眾所周知。像我，如果可能，我要連你的腳印一併收拾妥當。如果撿腳印只是一個人最末一次餘興，或有許多人自動放棄，如果事屬必要，或將出現一種行業，一家代撿腳印的公司。至於我，我要撿回來的不止是腳印。那些歌，在我們唱歌的地方，四處有拋擲的音符，歌聲凍在原處，等我去吹一口氣，再響起來。那些淚，在我流過淚的地方，熱淚化為鐵漿，倒流入腔，凝成鐵心鋼腸，舊地重臨，鋼鐵還原成漿還原成淚，老淚如陳年舊釀。人散落，淚散落，歌聲散落，腳印散落，我一一仔細收拾，如同向夜光杯中仔細斟滿葡萄美酒。

也許，重要的事情應該在生前辦理，死後太無憑、太渺茫難期。也許撿腳印的故事只是提醒遊子在垂暮之年做一次回顧式的旅行，鏡花水月，回首都有真在。若把平生行程再走一遍，這旅程的終站，當然就是故鄉。

人老了，能再年輕一次嗎，似乎不能，所有的方士都試驗過，失敗了。但是我想有個祕方可以再試，就是這名為撿腳印的旅行。這種旅行和當年逆向，可以在程序上倒過來實施，所以年光也彷彿倒流。以我而論，我若站在江頭江尾想當年名士過江成鯽，我覺得我二十一歲。我若坐在水窮處、雲起時看虹，看上帝在秦嶺為中國人立的約，看虹怎樣照著皇宮的顏色給山化妝，我二十二歲。如果我赤足站在當初看螞蟻打架看雞上樹的地方讓泥地由腳心到頭頂感動我，我只有六歲。

當然，這只是感覺，並非事實。事實在海關關員的眼中、在護照上。事實是訪舊半為鬼，笑問客從何處來。但是人有時追求感覺，忘記事實，感覺誤我，衣帶漸寬終不悔。我感覺我是一個字，被批判家刪掉，被修辭學家又放回去。我覺得緊身馬甲扯成碎片，舒服，也冷。我覺得香腸切到最後一刀，希望是一盤好菜。我有腳印留下嗎，我怎麼覺得少年十五二十時騰雲駕霧，從未腳踏實地？古人說，讀書要有被一棒打昏的感覺，我覺得「還鄉」也是，四十年萬籟無聲，忽然滿耳都是還鄉、還鄉、還鄉——你還記得嗎？鄉間父老講故事，說是兩個旅行的人住在旅店裡，認識了，閒談中互相誇耀自己的家鄉有高樓。一個說，我們家鄉有座樓，樓頂上有個麻雀窩，窩裡有幾個麻雀蛋。有一天，不知怎麼，窩破了，這些蛋在半空中孵化，幼雀破殼而出，還沒等落到地上，新生的麻雀就翅膀硬了，可以飛了。所以那些麻雀一個也沒摔死，都貼地飛行，然後一飛沖天。你想那座高樓有多高？願你還記得這個故事。你已經遺忘了太多的東西。忘了故事，忘了歌，忘了許多人名地名。怎麼可能呢，那些故事，那些歌，那些人名地名，應該與我們的靈魂同在，與我們的人格同在。你究竟是怎樣使用你的記憶呢。

……那旅客說：你想我家鄉的樓有多高？另一個旅客笑一笑，不溫不火，我們家鄉也有一座高樓，有一次，有個小女孩從樓頂上掉下來了，到了地面上，她已長成一個老太太。我們這座樓比你們那一座，怎麼樣？

當年悠然神往，一心想奔過去看那樣高的樓，千山萬水不辭遠。現在呢，我想高樓不在遠方，它就是故鄉，我一旦回到故鄉，會恍然覺得當年從樓頂跳下來，落地變成了老翁。真快，真簡單，真乾淨！種種成長的痛苦、萎縮的痛苦，種種期許種種幻滅，生命中那些長跑長考長歌長年煎熬長夜痛哭，根本沒有時間也沒有機會發生，「昨日今我一瞬間」，間不容庸人自擾。這豈不是大解脫、大輕鬆，這是大割大捨大離大棄，也是大結束大開始。我想躺在地上打個滾兒恐怕也不能夠，空氣會把我浮起來。

言志

孟子曰：「故天將降大任於是人也，必先苦其心志，勞其筋骨，餓其體膚，空乏其身，行拂亂其所為，所以動心忍性，增益其所不能。」最近翻書偶然看到這段話的英譯，好像看到孟子移民出國老死異域留下的混血後代，其遠祖血統如天上黃河可想不可望、可望不可即。

又得提起當年。當年小子們剛剛學會打草鞋，剛剛學會吃一口大蒜喝一口河水，剛剛學會用炸藥治疥、煮木棉花治痢疾，剛剛學會夜間躺在床上用手指蘸著唾沫捉跳蚤、單憑手指的觸覺就能把俘虜關進空彈殼裡。也就是那個時候，剛剛念到孟子的這一段名言。口誦心惟，心嚮往之。有一個聲音低低的對我說：「如果孟子有靈，我將來一定可以做上將。」

又得提到幾年以後。幾年以後世情大變、人心大變、書的滋味大變，有一個聲音念書念到這一段狠狠的說「故天將降大任於『死』人」。可不是，那時苦心志、勞筋骨、餓體膚是一門一門死亡課程，而為千千萬萬黎民所必修，絕對不能認為是上帝加給某些人的特惠，事實證明那些人都是上帝的棄民而非選民。

還好，我那少年時期的畏友雖然做不成上將，卻至今健在。公侯將相望久絕，柴米油鹽喜不缺，兒女子孫人口多。他當年說的「給我槓桿，我能支起地球」並非毫無意義，據說他在勞改隊裡善於以槓桿原理搬運石頭。沒關係，上將讓別人去做，人之初，性本善，誰都可以在魔鬼休假時做出好事來。

這就又得提當年言志。

想當年別人以為咱們是孤兒，而咱們自以為是王子；別人以為咱們是蝗蟲，而咱們自以為是鳳凰。咱們那時身無半畝、心憂天下，哪裡肯承認憂天下易、種半畝地難！這些閒話不說也罷！

該說的是咱們大夥兒橫越中原，路長汗多，肚子特別容易飢渴，某天投宿在一個很小的村子上，承一位老太太供應了一頓雜麵烙餅。熱騰騰的餅，看在眼裡好漂亮，聞起來好香，拿在手上好舒服。送到嘴裡一咬，怎麼像到口酥，沒有雜麵應該有的勁道，那滋味又不是「酥」，牙齒不能咬合，上牙一碰下牙就全身發麻。老太太說：「吃不慣吧，地裡頭有沙子，吃的喝的全帶沙。」

原來是沙。不能不吃，用掉光了牙齒的人那種吃法。飯後去看打麥場，很平坦，很乾淨，蹲下去用手掌撫摸，怎麼毛茸茸的，捏一撮土細看，沙和土一樣細，混合得很均勻。憑農家一雙手，這樣細的沙是沒有辦法淘洗乾淨的。

怎麼了得！世世代代吃沙！盲腸炎！胃潰瘍！腎結石！那時我們剛剛讀了一冊生理衛生，見多識廣而又大驚小怪的叫嚷起來，大家說，我們將來一定不能再讓這個村子裡的人吃沙。具體構想呢，或是增加設備，或是改良土壤，或是全村遷移。對，全村遷移，中國地大物博，何苦一定要住在這裡？

咱們另外找地方給他們蓋個新村！

現在那村子怎樣了？

我們的那些心願啊，當年許願比母鴨下蛋還容易。那次我們浩浩蕩蕩披星戴月穿村而過，驚醒了全村的狗，狗在每一家院子裡每一扇大門後面吼叫跳躍。狗，不同的品種、不同的氣焰用不同的腔調、不同的氣味煮我們，一霎時簡直腳下都是狗背、頭頂上都是狗毛。在狗類嚴厲的指控之下，我們每一個人都覺得虧心，我們以百口莫辯的心情低頭疾走……

下一個村子，又是狗。我們是洶湧狗海中的孤舟。

狗是很忠誠的守衛，有很強的領域感，吠影吠聲，原是正常現象，可是，不知什麼，我覺得古怪。

什麼地方古怪呢，第二天早晨，一個同學問我，「你發覺了沒有？狗幾乎把天咬下來，沒有一人打窗子伸出頭來看看！」

是了，是了！狗可以出頭，人必須藏在黑暗的屋子裡。他們一定給狗吵醒了，可是必須裝作沒有醒，甚至裝作沒有人，只有狗。

這是他的村莊。這是他的家園。在他安眠的夜裡，他的狗暴跳如雷，他為什麼不打開窗子察看一下？那一定是受過種種教訓，有過種種不幸的先例，他的個性已打碎，他的權利已死亡，他知道他最好的運氣是在事件平息狗群安靜之前他能夠被世界遺忘。

在「言志」的時候，這位同學舊話重提，他說：「我將來只希望做一件事：每一個家庭在夜間被狗吠驚醒的時候，有個人敢打開門出來看看。」

一件事！這是「一件」事嗎？

現在，這件事怎樣了呢？

還有，還有一件事。那年我和一夥同伴沿著魏延提出的戰略路線穿越秦嶺，深山深處有人家，家家門口貼一塊紅紙，紙是新的，或者漿糊還是溼的。什麼意思呢，過年？才十一月；辦喜事？沒有別的動靜。這是什麼樣的特殊風俗呢？

一打聽，原來是慶祝抗戰勝利！可笑嗎？日本是八月宣布投降的，中國戰區是九月受降的，到了十一月，這裡的居民才貼出一張紅紙，這個驚天動地的好消息到了十一月才驚了他們頭上的天、才動了他們腳下的地。他們流血流汗支持的戰爭，到這時候才有人告訴他們結果！

當時，我想，難怪諸葛亮拒絕了魏延的建議，蜀軍進了這座大山，還不等於被地球張口吞沒了麼。

另外一位伙伴比我的志氣高，他說，他，將來，一定，使這裡的人能夠馬上知道國內國外發生的事情！

現在，那些山村的居民，對外面的世界知道了多少？

回鄉！回鄉怎能找到那些立志的舊友，一同去看刺激我們立志的地方。再看一眼，看厚唇寬肩彎腰低眉，看謙卑的茅屋上再壓一層雪，謙受益，謙受氣，謙受累，謙受罪？喝水的日子，喝油的日子，喝酒的日子，都熬過了嗎，可能該喝水的時候有水，該喝油的時候有油，該喝酒的時候有酒？大城市使我記憶衰退、感覺遲鈍，但我並未忘記我們立的約、許的願、欠的債。

對聯

這些年，我常跟朋友談起老夫子出的那個題目。

桃花太紅李太白

下聯是什麼？咱們個個繳了白卷，只有一個比較頑皮的同學寫著下聯是難題難題難難難。

無非是「童年往事偶然聽」罷了，原不指望有什麼結果，沒料到，有一次，一個朋友聽了，告訴我下聯早已有，而且有三個：

芙蓉如面柳如眉
詩書可誦史可法
梅萼迎雪柳迎春

三個下聯是怎麼來的？真想不到，有一家小報的副刊以「桃花太紅李太白」為題徵對，應徵的函件很多，經過評選，取了三名。真想不到！那位編輯莫非是咱們同學？莫非他也對老夫子的上聯念念不忘，想集合眾人的才力完成未竟之業？他心即我心，但不知他人是何人，世事滄桑幾度，一切無可究詰。

三個下聯是驚人的收穫，在我看來個個都好。當年公布在報上的結果有名次，第一名「芙蓉如面柳如眉」，用白居易現成的句子，妙手偶得；第二名「詩書可誦史可法」，取其莊嚴；「梅萼迎雪柳迎春」，上聯是春景，下聯是有應景湊數的嫌疑。這是當時評審人的看法，你呢？我總覺得「詩書可誦史可法」有內涵，應該居首，「梅萼迎雪柳迎春」很樂觀，「芙蓉如面柳如眉」柔若無骨，撐不起來。你呢？

也許該問問老夫子。該去祭一次黃河。老夫子是跳河自盡的。把三副對聯寫好了，投入大河之中，應該是有一點兒意義的舉動吧？推究起來，老夫子出的這個上聯，文章裡頭還有文章，桃花本來該紅，為什麼說它「太紅」？李花本來該白，為什麼說它「太白」？國事蜩螗，世事滄桑，老夫子似乎有鄭板橋式的不耐煩。結局不同，板橋成怪，老夫子成仙。說什麼留得青山在，血肉之軀怎比南嶽北嶽。如果這一猜八九不離十，下聯不免隔靴搔癢、自說自話，老夫子在泉下不免喟然歎曰：「吾誰與歸！」

即使如此，我還是喜歡這三個下聯。無論如何，這是我們的一星香火，西有銅山，東有洛鐘，不相干，實相連，生生賡續，所謂「斷」，只是「段」。今天到處有人說還鄉，二十年前你說還鄉，那還得了，二十年後你閉口不提還鄉，反而不得了。鄉通心，心通物，眼前事物都有個還鄉的角度。依我看，這三個下聯可以代表三種還鄉的心情。梅萼迎雪柳迎春，迎春要趁早、要不怕冷，等到天氣溫暖已是初夏了。這是一些人的想法。詩書可誦史可法，於傳有之；進步會帶來痛苦。可是，於傳有之，也可以藉口進步製造痛苦。他去觀察痛苦，看痛苦是怎樣產生的，思索怎樣受苦才值得。這是另一些人的想法。還有一些人，心中只有風景名勝、美酒佳餚，冬在窗外，詩書在灰塵中，江山多嬌，他只是去享受一個國家。這就是「芙蓉如面柳如眉」的境界了。

老夫子啊老夫子，今日的一切，都不是你能預見的，否則你就不會跳河了。這一切也不是那些瘋狂顛倒的人能預見的，否則也不會有人逼你跳河了。那些人無知，可是有知又怎樣呢，學問能助人忍受痛苦，究竟能忍受多大的痛苦呢。學問能助人逃避現實，究竟能逃多遠呢。學問使人有眼光，究竟應該朝哪個方向看呢。

我們戰黃河。我們唱黃河。我們祭黃河，祭我們的夫子。夫子一生崇拜黃河，做了許多詩詞詠之歎之禮之讚之。那蘸水可寫字、舀水可鑄金的黃河，是他唯一的神、最後的出路。那坦然對天、咆哮向人的黃河，動地搖山、奪人神志的黃河，一下子吞沒了他、銷蝕了他，沒給他一個漩渦，沒多給他一個浪花，沒讓他冒上來翻個身向人間告別。河使他無聲無色、無形無跡，河對他沒有痛惜或憤怒、沒有接待或拒絕，河並不記得他是誰，不在乎他的那些詩。夫子啊夫子。他為什麼選擇了黃河呢，是因為恨這條水還是愛這條水呢。他是表示他對河的悲憤還是表示對河的忠誠呢。

黃河能當得起那麼多的歌頌嗎，八千里痙攣的肌肉，四百億立方尺的嘔吐。面對上游，河水使我高血壓；面對下游，河水使我心臟衰竭。不敢凝眸，不敢合眼，不敢吐痰，不敢吸菸。我為洗臉而來，不敢溼手。這條在三千里平原上隨意翻身打滾的河，用老年的皮膚，裹著無數螻蟻和人命、蘆葦和梁柱、珍珠和亂石。狐狸會上山，老鷹會上天，饒不了放不過的是流淚的牛、下跪的羊和縮在母親翅膀下的雛。那河幾番滅省滅縣滅人三代九族，使中國人痛苦，無動於衷，不負責任。為什麼還要歌頌它，難道只是因為在河套有幾塊田，難道只是為了在河邊喝幾碗魚羹、在龍門拍幾張照片。

我想了又想、朝思暮想、再思再想，黃河讚美詩總有道理。道不遠人，人同此心。人愛其所有，既然有了，就愛，既然愛，就冠冕堂皇理直氣壯，自尊由此維護，自信由此產生。黃河已經存在，萬古千秋，天造地設，命中注定。無法填塞，無法更換，無法遺忘，無法否認。黃河是我們民族抱在懷裡的孩子，尿床，遺矢，踢被子，還是抱著，抱得更緊。黃河是國土的一部分，愚公移山不搬家，水患不去，拌沙吃飯不去，酷寒不去，盛暑不去，卑溼不去，瘴癘不去。偉哉黃河，豎高了是天柱，鋪平了是地維，水裡有幾具屍體算什麼，漂幾座屋頂算什麼。屍體不是我，我照樣歌頌黃河；屍體是我，別人照樣歌頌黃河。民族不能全上山。民族不能全投水。黃河黃河，我們驕縱它、修正它、防範它、美化它。我們對黃河賦予價值，再從黃河取得價值。

嗚呼夫子，你的上聯是五千年文化，下聯是萬里長河；我的上聯是桃花太紅李太白，下聯是詩書可誦史可法。

天堂

我寫了這麼多！坦白的說，倒也並非欲罷不能，而是打定主意要寫寫寫，用寫來雕刻自己，用寫來治療自己。

我的朋友讀了我寫出來的這一大堆東西，評語是「多言多敗」。他說，如果事先大量縮減，只寫五篇，這五篇可傳後世；如果放寬尺度，寫成十篇，這十篇可傳當代；如果不嫌辭費，寫成十五篇，這十五篇可傳誦於同文之間。現在呢，只圖一吐為快，那未必見容於時代和環境的，勢將以部分連累全體。

我忽然想到一個故事。人一生說了多少話，死後都要再吞回去。於是，將來你上天堂的時候，可以看見天堂門外有些人據案大嚼，他生前的言語有的醃過了、有的炸過了、有的蜜漬了、有的製成罐頭了，他一樣一樣吃下去，吃得很辛苦。他越吃越瘦，每吃一口身體就縮小一線，因為他吃的就是他自己。到最後一口，他吃光了自己，他消失了，無法走進天堂。

由此想到，當年我們曾經圍著一口井打水，把整桶整罐的水提上來，男同學就在井邊沖身，女同學就在井旁洗衣，水把井口四周一大片土地溼成泥濘。一個簪著白髮裹著小腳的老太太找塊乾土坐了，數落著，「你這些不吃人糧食長大的，造孽喲！少糟蹋一點水吧，這些水，你死後都要喝回去的，會脹死的喲！」

將來你進天堂的時候，會看見那個駕著飛機把河堤炸倒的日本人，坐在天堂門外狂飲。古往今來，他糟蹋的水比誰都多，他得一直喝、一直喝，喝到通體皆黃，變成一座銅人。他也沒法子走進天堂。

在我想像中，通往天堂之門的，是一條金光大道，路兩旁全是喝水的、食言的，像彼拉多那樣洗手的，像某教皇那樣掉了鑰匙的。他們有的僵立、有的枯坐、有的徘徊、有的無休無止重複操演某一項動作，都不能進入天堂之門。天堂的門並不窄，窄門多半易進，牢門最窄，也只是難以出來。窄門矮戶一旦發財作官，定要改換門庭、光大門楣，門加寬加高之後，進去的人就少了。天堂是金階玉門、高大堂皇，你想，豈能人人進出自如？

當我坐在天堂門外吞吃自己的時候，我想些什麼？我是不是應該羡慕住在沙漠裡的啞巴？他一滴水也不浪費、一句話也不說。我是不是應該羡慕植物人？他喪失了行為能力，也就不會留下業報。如此這般，老奶奶說狗和貓比人先進天堂，也就不足為怪了。如果天堂是他們的、是啞巴的、是植物人的、是狗和貓的，我又進去做甚？你即使已經在裡面，也該出來。

我還需要再吞食那些語言嗎？我抓起它們來，向莽莽蒼蒼投撒，向渾渾沌沌投撒。邊走邊撒，天堂在我背後。字，標點，文法，迤邐滿地。也許，後之來者踩上去像踩著鋼琴的鍵，地面就吟哦朗誦起來。也許，這些語言沉下去、沉下去，沉到地下，穿透地心，冒出太平洋面，成一只海漂的瓶子。

再告訴你一個故事，這是最後一個故事，也是最好的一個故事。

有一個畫家，他和一般畫家不同，別人畫蘋果，蘋果在畫中，他畫蘋果，真正的蘋果就出現在桌子上，也就是說，他請客不必上館子，也不必下廚房，只要畫一桌菜。

他既然具有這般神奇的能力，當然不會寂寞。皇帝聽到他的名聲，親自去拜訪他，管他叫老師，邀請他出來建設國家。他為皇帝創造了許多東西，他畫房屋，皇帝就有了宮殿；他畫武士，皇帝就有了陸軍；他畫美女，皇帝就有了三宮六院；他畫監獄，皇帝就有了天羅地網。他又為皇帝畫了學校、醫院、公園、水壩和糧倉。

皇帝對他十分敬重，可是，——這一類型的故事必定有個可是，否則中國就不會出現莊子了。——有一天，他畫出來的那個美女向皇帝進讒，皇帝就派遣他畫出來的武士去捉拿他，打算把他關進他畫出來的那座監獄。幸而畫家事先聽到風聲，就連忙畫了一條河，河裡有一條小船，他駕著小船順流而下，逃走了。

我不願意說這個畫家的原型是范蠡，這個故事的意義並不那麼狹小。人，為了不虛此生，要創造，但是他必須能忍受所造之果。我進不了天堂，要忍受；你進得了天堂，也要忍受。

在我的住宅附近本來有一座樹林，建築商看中那地方，來一次斬草除根的大手術。終於，樹林變成房子、變成新添的社區。

當樹林還是樹林的時候，有一雙情侶常常來林間散步，女郎的秋大衣上有時沾著帶雨的紅葉。當樹林變房屋的時候，女郎不見了，男孩來做泥水工匠。房屋終於有了門鎖，門鎖的鑰匙終於有了主人，男孩也不見了。

幾年以後，男孩又來了，帶著半臉鬍子茬，以依戀的眼神，把窗櫺當作林葉的空隙，把燈光當作星光。

他在這新添的社區裡兜了幾個圈子。他說，他這幾年到處蓋房子，蓋了許多許多新房子。在建造期間，他穿房越戶，愛到哪裡就到哪裡，可是，一旦房屋落成，他就再也不能走進牆裡一步了。

這是一個建築工人講的話嗎？這像是一個失戀的人講的話。

但是，塵埃已經落地了，合同已經結束了，工程已徑完成了，你還想怎樣呢。你蓋的房子越多，你能散步的地方越少，不是很自然嗎。

他只能望著窗子裡面柔和的燈光，祝福每一個家庭安居樂業。
這，也該是你我追求的境界。

小結

天國好比兩個人在一塊兒練琴，這兩個人後來分手，一個住在東半球，一個住在西半球，中間隔著地心不相往來。

他們仍然天天練琴，只是彼此聽不見對方的琴音。他們各有各的師承、各有各的曲譜，後來，各有各的成就。

多年之後他們重逢，彼此都還認得對方手中的琴，但是不認識琴中流洩出來的音樂。各人沉浸在自己的藝術裡，當年合奏共鳴的經驗是比春夢更遙遠了。

未免遺憾。仔細回想一下，當年的練習曲裡倒也有一支兩支古典小品，不論在東半球還是西半球，人們都知道它的名字、都熟悉它的旋律。兩個琴手雖然已經多年不再練習這一支曲子，但是少年的玫瑰總會深藏在中老年人的靈魂裡，永不凋謝。

於是，他們以嘗試以學習的態度，兢兢業業的合奏這支曲子……

*

天國好比兩個釀酒的工人，共同釀造某種名牌美酒。這兩個人的酒量都不錯，自許是世間最懂得飲酒樂趣的人。

後來，這兩個人分開了，一個住在北半球，一個住在南半球，中間隔著地軸不相往來。

他們沒有放棄自己的專業，只是不能再共同使用同一塊田地裡收成的葡萄、同一座山泉裡流出來的水，他們釀出來的酒，色香味都迥乎不同了。

後來，兩個人都思念對方，約期相見，各人都帶著自己釀造的酒。他們跋山涉水萬里迢迢這才面對面隔著一張桌子坐下來。

他們互相敬酒，懷著極大的熱誠，也難免有幾分自誇。其中比較年輕的一個，端起對方斟滿了的酒杯，一飲而盡，可是他馬上又把酒吐出來。

他問：這是你釀造的酒嗎？這樣的酒能喝嗎？

年老的那一個工人愕然，隨即知道他應該審慎，他把自己面前的一杯酒端起，來，仔細看了，用鼻尖和舌尖接觸一下。

他想：這是你釀造的酒嗎？這樣的酒怎麼能喝？

兩個人都憤怒。還是年長的一個有智慧，他指一指自己面前的酒杯，「這是你每天都喝的酒，既然你能喝，我也應該能喝。」他又指一指對方面前的杯，「那是我每天都喝的酒，既然我能喝，你也應該能喝。」

他說：「我們造酒，用的是同一塊大地生長出來的葡萄、是同一塊天空降下的雨露，水能變酒是依循同一位上帝制訂的自然律。結果，酒總歸是酒。」

他端起酒杯輕輕呷了一口。「來，不要心急，先喝一小口，很小很小的一口。……」

＊

也許天國是一個結，用很粗的繩索依著詭異的路數層層疊疊反覆穿引而成的龐然大結。

繩索太粗，纏得太緊，結太大太重，再加上年代久遠，要想解開就難了。許多人都說你只有把它交給亞歷山大大帝，由他一劍劈開。

有一個人不同意，他說，為什麼要這樣粗魯呢，甚至，為什麼一定要把它解開呢？

他把這個結扛在背上，流著汗，來到一個地方，走進一間屋子。屋子裡四面牆漆著四種不同的顏色，天花板中央垂著一只掛鉤。

他把繩結吊在屋子中央。這個千迂萬迴、千疊萬盤、千凸萬凹的東西像雕成的、像鑄成的。從東面看，襯著紅色的牆壁，它像一顆英雄的頭顱；從西面看，襯著藍色的牆壁，它像是大海中剛剛吊起來的錨；從南面看，襯著綠色的牆壁，它像一串成熟了的葡萄。北面的牆壁是灰色的，好像在洞穴裡有一條蟄的龍或自戀的巨蟒。

繩結在這裡公開展覽。觀者像潮水湧入，他們來到這裡就像走進博物館，想用手碰一碰它都不行。

就這樣，它吊在那裡任人觀賞，任人來看先民的巧與拙、智與愚。任人微笑或嗟嘆，任人恍然大悟或迷惑不已。

*

聽我說，我要來，帶著我的琴來。

我要來，帶著我的酒來。

你也拿出你的琴，我們調音和絃，你奏我熟悉的曲子，我奏你熟悉的曲子，然後我們合奏，心中只有音樂，忘記你我。

你也拿出你的酒，我們洗盞更酌，你嘗我的酒，我嘗你的酒，我們調出一種雞尾酒來，由淺斟步入微醺。

然後我們合譜新曲。我們合釀新酒。兩個圓疊合。兩個謎底互換。西風東風合起來向南吹。

據說，每一塊大理石裡面都坐著一尊雕像。那麼為何岩石風化以後只見沙粒呢？聚沙成灘，灘上插滿蕈狀的五色傘，供人休息和遐想。他們不信這裡曾經是一片桑田。

來，帶著琴，帶著酒，去尋潔淨的海灘。

*

或者去尋一條河。

我寧願人生是一條河，不願意它是一個湖。湖總是沉澱、腐敗，再沉澱、再腐敗。湖以本能儲藏一切的衰朽、枯萎、污穢，使自己中毒。

而河水是一直流著的，從源頭流下來的永遠是新鮮的活水。落花，趁著還鮮美的時候，河水就把它送走了。落葉，趁著還古雅的時候，河水就把它送走了。在河面上，從水鳥身上掉下來的羽毛還不失凌波仙子的神韻，某種人造的污穢還呈現著水墨畫的趣味。牛溲馬勃，過眼成空，而天光雲影、萬古如鏡。

願生命是一條河，是河中的微波，不停滯，不回顧，偶然有漩渦，終歸於萬里清流。

親愛的，願你也在這段話後面簽字，和我一同簽字。

附錄

本書獲得第十一屆時報文學獎評審會發布得獎消息

王鼎鈞散文集《左心房漩渦》，在第一次投票即被五位決審委員同時圈選為第一名，毫無疑義獲得今年的散文推薦獎。以五票獲獎，在過去的推薦獎票選過程中，是極少有的。

決審委員一致認為：王鼎鈞自來便是一位在文字、文體上用力極深的作家，作品自成一格，早年的《人生試金石》、《開放的人生》等就早已膾炙人口。這次被推薦的《左心房漩渦》，為其最新的散文集，全書以中國為主旨，描述他四十年來，離鄉漂泊，種種人生際遇的酸楚，以「小我」的個人經驗，反映了全體中華兒女的情境。那份自始至終心懷中國的民族情懷，以及透露出的時代委屈，讓每一個中國人讀了為之悽然動容。

王鼎鈞以其深厚的國學根柢，加上他對現代文學的用心琢磨，故行文之際大開大闔；文字脫胎於傳統古典，卻不落入陳腔濫調，雖屢生變化，卻又無時下華而不實之通病，其鍛字鍊句的功力，觀之今日鮮有匹敵。再者，其筆調快速、銳利，融合悲愴與幽默，自有其節奏鮮明之韻律；如此淳熟之文筆，看似繁複華麗，卻又自然的顯現出流離的不安經驗，與歲月磨鍊的人生智慧，足以杜甫的「思慮沉厚」一辭讚之。

《左心房漩渦》讀後

袁慕直

我寫這篇文章只因為看見一句話。鼎鈞兄因《左心房漩渦》得獎，應報社之囑寫了一段得獎感言，其中有句話說「這本書從頭到尾是一篇文章」。《左心房漩渦》計三十三篇，分四部分，體例很像一本散文集，其實不是。在得獎感言發表之前我就認為不是，如今有了鼎鈞兄的夫子自道，我不免要躍躍欲試強作解人。

如所周知，現代的詩、小說乃至電影，愛用「意象切斷」的手法。作家寫作時，第一個意象引發第二個意象，第二個意象引發第三個第四個意象，相因相生，自有脈絡。「意象切斷」是在寫出第一個意象之後緊接著寫第三個或第四個意象，把順序第二第三意象抽掉，以致因不連續而產生跳躍的節奏與驚愕的效果，文字的密度增加，作品的創意鮮明。這種寫法在中國雖然古已有之，卻是自六〇年代以後經現代作家刻意運用發揚光大了。鼎鈞兄受其影響，理有固然。

小處著眼，先論章句，《左心房漩渦》在「順理成章」的一陣子「流水」之後，往往忽然急管繁絃、天花亂落，以分篇發表時相當轟動的〈我們的功課是化學〉來說，一路寫來水窮雲起，然而——

聽我說，我來渡你，一如你曾渡我。我沒有直昇機，我有舢板，只要你不怕弄溼鞋子。你不能等大禹殺了儀狄再戒酒。達摩渡江也得有一根蘆葦，馬戲團的小丑從胸前掏出心來，當眾扯碎，他撕的到底是一張紙。走過來吧，踢開紙屑，處處是上游的下游、下游的上游，浪花生滅，一線橫切。江不留水，水不留影，影不留年，逝者如斯。舢板沉了就化海鷗，前生如蟬之蛻，那還有工夫唧石斷流。

寫得漂亮！看全篇，這一段文字跟〈我們的功課是化學〉整篇的題旨是相合的，看局部，這一段文字以舢板始、以舢板終，更可以看出作者的經營。說到經營，「舢板」和「戒酒」是什麼關係？「達摩」和「小丑」又是什麼關係？「踢開紙屑」和「弄溼鞋子」也應該息息相關吧？可以斷言「舢板」和「戒酒」之間、「達摩」和「小丑」之間有被切掉的印象。

意象雖被切斷，文章仍然完整，這要靠：第一，文字以催眠般的魔力，使某些讀者「不求甚解，欣然忘食」；第二，意象的不連續啟發了某些讀者的創造力，使他們產生意象予以補足。大體說來，「不求甚解，欣然忘食」的能力和「吐雲出岫使數峰相連」的能力，是現代讀者的基本修養。

我們可以用同樣的眼力來觀察《左心房漩渦》的各篇之間。例如〈年關〉、〈園藝〉、〈夜行〉都斬斷外緣、向內凝聚，各篇自給自足、自成宇宙，你可以說它們彼此之間毫不相干，一如通行的散文集中的斷簡零篇。可是，它們真的沒有關係嗎？

〈年關〉寫的是「人不能乘光速與逝者同行，只有與來者同在」。

……

〈園藝〉寫的是「上帝在天上，地上發生的一切都是合理的」。

……

〈夜行〉寫的是「死亡本是解脫，所以鬼應該但問來世不計前生」。三文題材平淡，但角度奇特，所以寫成奇文。文與文之間顯然也省略了許多，我用刪節號表示下有伏脈、上有連雲，如果我們在想像中予以填補，豈不就是一篇較長的文章？

上舉的刪節號在全書三十三篇之間處處存在。不僅此也，全書把三十三篇散文區分為四部，亦彷彿交響樂的四個樂章。例如〈年關〉等三文在第四部分之首，〈我們的功課是化學〉居第三部分之尾，作者在〈化學〉中說：

> 化！化種種不公平、不調和，化種種不合天意、不合人意，化百苦千痛、千奇百怪。和尚為此一生打坐，把自己坐成吞食禁果以前的亞當。化！化癌化瘤化結石化血栓，水不留影逝者如斯。

這是「呼」，第四部分是「應」；這是「轉」，第四部分乃是「合」。

書中四部各有名稱，第一部分「大氣游虹」，第二部分「世事恍惚」，第三部「江流石轉」，第四部分「萬木有聲」。我認為這四部其實就是啟承轉合，第三部分的標題「江流石轉」已洩漏了一個「轉」字。

以上是論章法。以言內容，第一部分寫的是一個人去國懷鄉的苦思，可名之為「憶」。第二部分寫此人向祖國故土寫信尋人迫切期待的心情，可名之為「尋」，「尋」乃是「憶」的一種安慰寄託，由「大」落實為「小」。第三部分寫此人在四十年天翻地覆之後居然找到了他要找的人，悲喜之餘胸懷一寬，脫出第一部分如怨如慕的調子。他再三勸勉那些劫後餘生同時也教育了自己，可名之曰「悟」。最後，那幾個存活人間的親友像「舢板」一樣，把他的思維引回祖國故土，由「小」再升高變大。

在本書第一部分，這人明顯的喪失了對「人」的信心。他對身經文革之亂的「你」如是說：

在那「史無前例」的年代，我們如何逃於天地之間呢？如果我貼了你的大字報呢？如果你把我的傾訴都寫成「材料」呢？如果我成了你的隱疾、你成了我的罪愆呢？如果我們必須互相殘殺以供高踞看臺上的人欣賞呢？如果「在榆樹下，你出賣了我，我出賣了你」呢？……如果人人棄仁絕義，我們何福何慧可以如終如始？如果事事腐心蝕骨，我何德何能可以不殘不毀？

這是由對別人失望發展為對自己失望。然後，他說：

我無意向你誇耀我是如何幸運，我聽見的聲音也不全是搖籃曲和耶誕快樂。我也有我的「浩劫」。聖經上的記載，「心思像孩子，意念像孩子，面貌像孩子。」我只有羨慕，或者懷疑。飛蛾雖有千眼，總是見光而不見火。今生如此，來生如此。……

這是由過去對人失望發展為將來對人也失望。在第一部分裡，痛抒對人對己對家對國的深刻的失望，在現代散文中堪稱特例。

然後，經過第二部分的「尋」，在第三部逐漸從事人格的重建，這一部分的最末兩篇〈給我更多的人看〉、〈我們的功課是化學〉，不愧為現代散文中的醒世恆言，這本辭充氣沛、大開大闔的散文至此發揮到頂點，予人血性淋漓之感，試看下面這段話如何裂石截流洗淨肝腸。

> 人終須與人面對。人總要與人摩肩接踵。人終須肯定別人並且被別人肯定。……世人以芝蘭比子孫，但他們寧要子孫不要草。世人以鶺鴒比兄弟，但他們寧要兄弟不要鳥。永遠永遠不要對人絕望，星星對天體絕望才變成隕星，一顆隕星不會比一顆行星更有價值。……

恢復了對人的信心，也就重建了自我。重建了自我，也就發展出對祖國故土的關懷：

我來替年輕的一代看相，走遍大江南北、大河上下、大漠內外，看他們之中多少人有福有慧，多少人有守有為，多少人能夠雖強不暴、雖貧不賤，看他們之中長壽的是不是人瑞、短命的是不是天才。看他們將來的大苦大樂、大成大毀、大破大立、大寒大暑、大夢大覺。我來看中國的前途，中國的前途在他們是何等人，不在大壩大橋大樓大廠。

《左心房漩渦》是這樣一個人的心路歷程。我稱之為「這樣一個人」，因為我並不認為書中的「我」就是該書的作者。依我看來，在這裡也像在許多小說裡一樣，「我」，是火熔模鑄的一個典型。作者當然以自己的生活經驗為底本，但我認為作者在下筆時心裡總懸著某種人物，這一類人在外國在臺灣在香港都有一些，在全體中國人之中他們是很少的少數。《左心房漩渦》並不因為他們人數太少而視為渺不足道，他為這些人寫了一本共同的傳記。流經左心房的血液是新鮮的血液、是有氧的血液，「壓傷的蘆葦，他不折斷；將殘的燈火，他不吹滅」，此左心房之所以為左心房！

文學作品可以寫成功的人，也可以寫失敗的人；可以寫人多勢眾，也可以寫勢單力孤。如果散文中的「我」可以少到專屬一人，當然也可以「少」到指涉一小群人。「人少」不是問題，「新豐折臂翁」只寫一個鄉下老頭子。如所周知，「新登折臂翁」完成之後，這首詩就跟那個老頭兒脫離了關係，那老頭兒是一個鐘槌，它把鐘撞響了，鐘聲震動草木、貫通幽明、驚飛鳥而遏行雲，都沒有鐘槌的份兒。《左心房漩渦》中的「我」，不管是一個人還是一群人，都該只是鐘槌。我們注意的是鐘聲。所謂「一篇文章」，應是鐘聲渾然。

《左心房漩渦》在這方面有明顯的企圖。首先，它的時代背景雖然偉大激烈，但時間地點和事件都很模糊，它無意傳述世局的變革，譬如攝影，把複雜的線條略去，前景特別突出。復次，站在舞臺口的「我」，以及我向之絮絮訴說的「你」，完全採取寫意的手法，傳神便佳，形似無需，使作者的筆墨和讀者的注意都為了另一目標而集中，那就是心靈。還有，這些散文在寫實的嚴謹和浪漫的激情之中布滿空靈玄妙的隱喻，有一部分隱喻達到了高級象徵的境地，可以令眾生「隨緣得解」。在此種種都是為了努力擺脫鐘槌。

在這本書裡，作者希望悠揚遠播的是什麼呢？他希望「忘筌」的讀者得到什麼樣的「魚」呢？在我看來，是漂流海外的中國人對祖國故土的愛，簡括言之，就是愛國心。這愛，有時以「怨」的口吻表現出來，有時以「慕」的方式表現出來，有時它就是火，有時它簡直是一種痼疾。決絕的口吻還出自迷戀的情結。怨有怨的緣故，慕有慕的起因，火有燃料，痼疾有細菌，「感於物」者不一，「動於中」者無殊。生生不已的意象往往輻射到遙遠，仍然圍繞著中心的能源。

浪子、遊子、孽子、對祖國故土的熱愛、摯愛、痛愛，應是一個永恆的主題，不為堯存，不為桀亡。在「五風十雨皆為瑞」的年代，以「萬紫千紅總是春」的心情對待國土國人國運國魂，並非文學最好的題材。人的真性至情非大險大難大悲大故不能激發出來。不失赤子之心的作家若是當此無可如何之境，得天獨厚（或獨薄），始可表現人類的愛國心到底有多高多深。憂患之言難免不純，斤斤計較愛國心的純度，至少從文學的角度看來殊無必要。

在這本書裡，愛國和自我的重建是在同一軌道上演進的。愛國當然需要健全的人格。民為邦本，國者人之積，愛國必先愛人。在這本書裡，「人」一度是虛無縹緲的游絲，後來是格物致知的靈長，家國情懷一度似是精神病患者的呢喃，後來是清明在躬的省思。兩者幾乎是同步的。書中有一個「我」，還有一個「你」，這個「你」又是什麼人？有待考證也無須考證。不妨說，「你」就是祖國故土，「我」是對著國土、國人、國運、國魂細訴衷腸。縱有綿綿情話，亦可做香草美人觀之。「擬人」雖是修辭常例，此處未必等閒，書中明白指出，「我」輕自然而重人文，江山多嬌，英雄折腰，但仁人志士心目中第一順位仍是凡我族類，甚至芸芸眾生——我說過，我打算在這裡強作解人。

《左心房漩渦》究竟有沒有價值和生命，要看在這方面的慘淡經營有多大成就，也就是說，是否像鐘聲一樣脫離鐘槌。除了我個人的欣賞肯定，當然需要更多的法眼評鑑和更長的時間考驗。如果此書在藝術上屹立，那就是全體中國人的精神財富，國風國魂之一部分，任何地域、任何時代基於任何原因而有信念幻滅症者，皆可以此書為鏡鑑、為藥石。鼎鈞兄閱盡江河、搜盡奇峰，琢磨鍛鍊，頗苦用心，似有以待知音。

最後我想一談這一系列散文的風格。這得分作兩個層次看，即樂器的層次和樂章的層次，或者稱為戰術的層次和戰略的層次。在低層次上，我們尋章摘句，發現風格變化甚為多樣，有時極嚴整，例如詠嘆黃土：

你還不可以埋葬我，……我還要堆你成山、塑你成像、燒你成器。我還想化合成金、分解你成空、矇矓你成詩。

有時極錯落，例如：

我一旦回到故鄉，會恍然覺得當年從樓頂跳下來，落地變成老翁。

真快，真簡單，真乾淨！種種成長的痛苦，種種期許種種幻滅，生命中那些長跪長考長歌長年煎熬長夜痛哭根本沒有發生。

有時極隱晦，例如：

歷史有時寫秦篆、有時寫狂草，洞明世事練達人情就是兩種字體都認得。

有時極明晰，例如：

人，一生的精力多半用來改正自己所犯的錯誤。

有時極沉鬱，例如面對黃河：

那蘸水可寫字舀水可鑄金的黃河。……那坦然對天咆哮向人的黃河、動地搖山奪人心志的黃河。……八千里痙攣的肌肉，四百億立方尺的嘔吐。面對上游，河水使我高血壓；面對下游，河水使我心臟衰竭。……

有時甚詼諧，例如：

謙受益，謙受氣，謙受累，謙受罪？

有時古雅：

這是感覺，並非事實。事實在海關人員眼中、在護照上。事實是訪舊半為鬼，笑問客從何處來。但是人有時追求感覺忘記事實，感覺誤我，衣帶漸寬終不悔。

有時俚俗：

十里不同風，百里不同俗，但是我們有同樣的冬天。關上窗戶吧，一塊兒度過：一九二九不出手，三九四九凌上走，五九六九凍死狗。七九河開，八九雁來，九九耕牛滿地走。

此外，有時犀利，有時敦厚，有時空靈，有時平實，有時纖巧，有時樸拙，不能一一盡引。這是樂器的層次，也就是好比一個樂團有各種音質音色不同的樂器。異聲合奏，存小異而求大同，在樂章中統一於一種風格之下。古人談風格多用比喻，鄭板橋有兩句話，說是寫文章要寫得像三秋樹，作詩要作得像二月花。樹到三秋，黃葉落盡，枯枝先折，線條疏朗遒勁，可以透視晴空，寒風鳴條，別有天籟。這正是《左心房漩渦》的情味。這是樂章的層次。目前創作的大勢去向，雖散文也以二月花為貴，本書暮年蕭瑟，自名漩渦，擬作者解釋正是並非主流。題材如是，風格亦如是，表裡合一。

昔人論曲，對風格有更詳細的對比：南曲如抽絲，北曲如掄槍；南曲如六朝，北曲如漢魏；南曲如美人淡妝素服、文士羽扇綸巾，北曲如老僧世情物價、老農晴雨桑麻；南曲如柳顫花搖、珠落玉盤，北曲如水落石出、金戈鐵馬。《左心房漩渦》的風格正是北曲一路，老僧老農閱盡炎涼話到滄桑，心有禪悟目無鉛華，水落石出正是秋色，金戈鐵馬正是秋聲。北曲之堅重精緊、乾淨老成，本書在在足以當之。

至於「掄槍」一喻，筆者不禁感到：今日散文皆有別裁，像赤壁賦、祭十二郎文那樣的傳統似已中斷，歸去來辭和弔古戰場文（如果也可以當作散文看待的話）亦成絕響。散文與小說、詩鼎足而三，非僅弱質閒情，我們非常需要投入生命釋放血性的散文，非常需要大悲憫大觀照大起大落的散文，非常需要氣勢浩蕩、「青山遮不住，畢竟東流去」的散文。生命激盪，心房澎湃，天機轉化，超乎象外，左心房漩渦豈止「漩渦」而已！我說這話你可相信？

【旅人之星】MS1061

左心房漩渦

作　　者❖王鼎鈞
封面設計❖兒日
版面排版❖張彩梅
總 編 輯❖郭寶秀
特約編輯❖林俶萍
校　　對❖王鼎鈞、林俶萍
行銷業務❖力宏勳、楊毓馨

發 行 人❖涂玉雲
出　　版❖馬可孛羅文化
104台北市中山區民生東路二段141號5樓
電話：02-25007696
發　　行❖英屬蓋曼群島商家庭傳媒股份有限公司城邦分公司
104台北市中山區民生東路二段141號11樓
客服服務專線：(886) 2-25007718；25007719
24小時傳真專線：(886) 2-25001990；25001991
服務時間：週一至週五9:00～12:00；13:00～17:00
劃撥帳號：19863813　戶名：書虫股份有限公司
讀者服務信箱：service@readingclub.com.tw
香港發行所❖城邦（香港）出版集團有限公司
香港灣仔駱克道193號東超商業中心1樓
電話：(852) 25086231　傳真：(852) 25789337
E-mail：hkcite@biznetvigator.com
馬新發行所❖城邦（馬新）出版集團 Cite (M) Sdn. Bhd.(458372U)
41, Jalan Radin Anum, Bandar Baru Seri Petaling,
57000 Kuala Lumpur, Malaysia
電話：(603) 90578822　傳真：(603) 90576622
E-mail：services@cite.com.my
輸出印刷❖前進彩藝有限公司
初版一刷❖2018年9月
定　　價❖340元

ISBN：978-957-8759-27-5（平裝）

國家圖書館出版品預行編目（CIP）資料

左心房漩渦／王鼎鈞著. -- 初版. -- 臺北市：馬可孛羅文化出版：家庭傳媒城邦分公司發行, 2018.09
面；　公分. --（旅人之星；61）
ISBN 978-957-8759-27-5（平裝）

855　　107013876